KB059208

7
반에서
가장 싫어하는
여자애와
결혼하게
되었다.
마노 세이주
Amano
Seiju
스트 나루미 나나미
릭터 원안·만화
고스콘부

살벌한 아내, 그 이면……?
…

사이토는 아카네를 싫어하지 않았다.
반대로 좋아해 주고 있었다.
여자아이로서 의식하고 부끄러워해 주고 있었다.
그 사실이 기쁘고 부끄러웠다.
온몸이 간질거려서 무심코 웃음이 났다.

좋지만 부끄러운 투샷

호조 루이
Rui Hojo
사쿠라모리 아카네
Akane Sakuramori

호조 사이토
Saito Hojo
Shisei Hojo
호조 시세이

CONTENTS

Class no Daikirai na Joshi to Kekkon surukotoninat

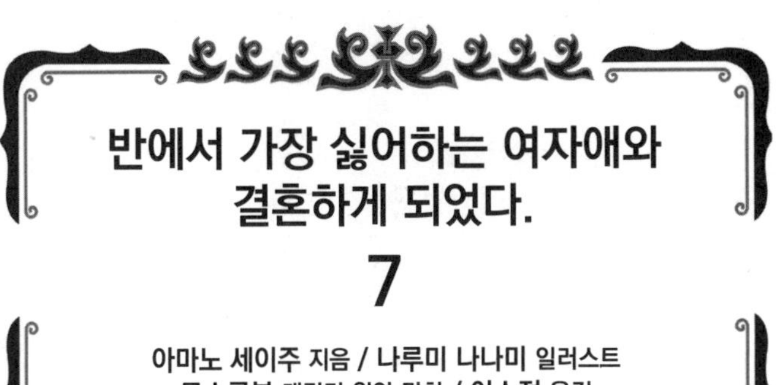

반에서 가장 싫어하는 여자애와 결혼하게 되었다.

7

아마노 세이주 지음 / 나루미 나나미 일러스트
모스콘부 캐릭터 원안·만화 / 이소정 옮김

소미미디어

커버 그림, 본문 일러스트 | **나루미 나나미**
만화 | **모스콘부**

프롤로그 *prologue*

시세이는 사이토의 품에서 깨어났다.

큰 양옥 안에 있는 시세이의 방. 일곱 살 된 소녀가 쓰기엔 넓다.

캐노피 달린 침대가 웅장하게 자리하고 있고, 하얀 옷장과 하얀 화장대, 화려한 가구들이 즐비하다.

아름다운 비단 드레스로 몸을 감싼 시세이는 이 저택의 공주였고, 그것은 어디를 가든 똑같았다.

세상에 태어나 삶을 누릴 때부터 시세이를 사랑하지 않는 사람은 없었다. 기적적일 만큼 가련한 외모를 누구나 칭찬했고, 눈에 넣어도 아프지 않을 정도로 귀여워했고, 작은 머리에서 흘러나오는 예지에 경탄했다. 시세이가 갖고 싶다고 한 것 중 그녀가 얻지 못한 것은 없었다.

——하지만…… 제일 갖고 싶은 건…….

시세이는 깊게 잠든 사이토의 뺨에 가느다란 손가락을 미끄러뜨렸다.

오늘은 학교도 쉬는 날이었기에 사이토를 조르고 졸라 자신의 집에 데려와서 같이 밥을 먹고, 같이 목욕하고, 같이 낮잠을 잤다. 사이토도 시세이의 부탁이라면 무엇이든 들어준다.

시세이는 사이토의 목덜미에 혀를 할짝였다.

——사이토의 맛이 안 나.

몸을 씻는 바람에 땀이 씻긴 거겠지. 목욕하기 전에 핥았어야 했는데. 시세이는 약간의 실망감을 느꼈다.

"너희들 정말 사이좋구나."

복도로 통한 문이 열리고 어머니 레이코가 방을 들여다보았다.

"먼저 노크를 해줘. 지금은 둘만의 시간이야."

"어머, 그거 미안하구나."

비난하는 시세이를 향해 레이코는 재밌다는 듯 웃었다.

"그렇게나 사이토 군과 함께 있고 싶다면 강제로라도 입양해줄 수 있는데? 우리 변호사를 이용해 압력을 가하면 그 어리석은 오빠 부부에게서 뺏어오는 건 간단해."

"강제는 좋지 않아. 시세는 오빠의 자유 의지를 존중하고 싶어."

"중요한 건 네 의지지. 시세이가 원하는 건 뭐든 다 준비해 줄게."

사랑스러운 것을 보듯 눈을 가늘게 뜨는 레이코. 직원들에게는 귀신이라는 소문이 난 노련한 경영자이지만, 딸에 대해서는 한없이 무르다.

"너무 다 받아주면 교육에 안 좋아. 엄마는 시세에게 좀 더 엄격해."

"네게 교육 같은 것은 필요 없잖니. 네 두뇌는 나보다, 아니, 호조 가문의 어떤 사람보다도 더 빠르게 앞서 있으니까."

"……그건 그렇지만."

평범한 일곱 살이 이런 대화를 이해하지 못한다는 것은 시세이도 알고 있다. 학교나 주변 반 친구들과는 전혀 소통이 되지 않는다. 기억 능력이 뛰어난 사이토와는 달리 시세이는 연산 능력이 호조 가문 내에서도 특출났다.

"뭐, 그럴 마음이 생기면 언제든지 말하렴."

레이코가 문을 닫고 멀어졌다.

시세이가 다시 사이토의 품 안으로 파고 들어가자 사이토가 눈을 떴다. 멍한 표정으로 베개 위에 있던 머리를 돌린다.

"뭐야……? 고모 목소리가 난 것 같은데……."

"오빠는 신경 쓰지 않아도 돼."

"슬슬 돌아가는 게 좋지 않을까? 온종일 있으면 폐가 되잖아."

"그렇지 않아."

일어나려는 사이토의 가슴에 시세이가 매달렸다.

"시세는 오빠가 계속 같이 있었으면 좋겠어. 시세가 바라는 건 그것뿐."

"있어도 상관없다면야 있겠지만……."

"계속? 시세는 계속 있는 게 좋아."

"그래, 계속."

사이토의 부드러운 목소리.

얼굴이 풀어지려는 것을 시세이는 가까스로 참았다.

들키면 안 돼. 표정을 읽히면 안 돼.

그러니까 무감정을 가장해서.

"그럼 약속. 오빠와 시세는 계속 같이 있어."

"약속."

시세이와 사이토는 서로의 얼굴을 맞대고 침대 위에서 새끼손가락을 감았다.

제 1 장 《이유》 episode 1

"……나, 왜 울고 있는 거야?"

거실에서 아카네에게 안긴 사이토가 멍하니 중얼거렸다.

영화를 보거나 소설을 읽을 때 등장인물의 심정에 감화되어 눈물을 흘리는 일은 있지만, 일상생활에서 우는 일은 거의 없다.

마지막으로 진짜 울었던 건 언제였을까? 초등학교 때 작은 절벽에서 떨어져 크게 다쳤을 때도 눈물 한 방울 흘리지 않던 사이토를 보며 주위 사람들은 놀라워했다.

시세이만큼은 아니지만, 사이토도 그다지 자신의 감정을 잘 드러내는 타입은 아니었다. 감정 같은 비합리적인 것을 굳이 표현할 필요성이 없기 때문이다. 자주 화를 내거나 웃는 아카네와는 정반대였다.

"아, 미안해! 아팠어?! 너무 꽉 안았나?!"

아카네가 황급히 사이토에게서 떨어졌다.

"아니…… 아프진 않아……. 난 전신 절단 수준의 아픔도 견딜 수 있어."

"통각이 없어?!"

"평범하게 있긴 하지만 굳이 울 필요가 없다는 것뿐이야."

"필요라니…… 넌 살 필요가 있어서 사는 거야?"

"그건 철학적인 설문이네. 깊게 생각해봐야 할 문제야."

"생각하지 않아도 돼! 심연에 끌려갈 것 같아서 무서워!"

확실히 사색을 시작한다면 50년 정도는 훌쩍 지나 있어도 이상하지 않을 주제였다. 그보다 지금 해결해야 할 것은 왜 내가 울어버렸는가 하는 문제였다.

사이토는 아카네에게 두 손을 내밀었다.

"일단 다시 한번 안아줄 수 있을까?"

"어째서?!"

아카네가 새빨개진 채 뒤로 물러났다.

"내가 운 원인을 밝혀내고 싶어. 상황을 재현하고 분석하는 게 가장 빠를 것 같아서."

"그렇다고 그렇게 막 끌어안다니, 너무 대담해!"

"그 대담한 일을 먼저 한 쪽은 아카네잖아."

"그건 그렇지만…… 아까는 경황이 없었다고 할까!"

파닥파닥 손을 휘두르며 당황하는 아카네.

이대로라면 실험도 전에 피검체가 도망쳐 버릴 것 같다고 판단한 사이토는 거리를 좁혀왔다.

"조금 정도는 괜찮잖아."

"말투가 징그러워! 혹시 그런 거야?! 야한 걸 원하는 거야?!"

테이블 밑으로 도망간 아카네가 테이블 다리에 매달렸다. 맹수 조련사에게 끌려가지 않으려 하는 호랑이의 자세였다. 어깨를 바짝 세우고 입을 크게 벌리며 위협하고 있다.

"야한 건 원하지 않아! 나를 안아달라는 것뿐이야!"

"어떻게 들어도 야한 거잖아!"

벌떡 일어선 아카네의 머리가 테이블 상판에 부딪쳤다. 아카네는 눈물을 글썽이며 머리를 끌어안더니 테이블 밑에서 기어 나왔다.

정말 표정이 시도 때도 없이 바뀌어서 아무리 봐도 질리지 않는구나, 하고 사이토는 생각했다.

아카네가 소파에 앉아 있는 사이토 옆에 걸터앉았다. 두 다리를 가지런히 모으고 무릎 위로 두 손을 맞잡은 채 쭈뼛쭈뼛 몸을 움찔거린다.

"뭐, 뭐어…… 사이토가 꼭 하고 싶다고 말한다면 난 상관없지만……."

"괜찮아?"

"부, 부부니까…… 당연한 일이고……."

사그라질 듯한 목소리.

"……?"

사이토는 고개를 갸우뚱했다.

"하, 하지만 전부 다 정리된 뒤에! 위장 연인 일이라든가, 서로의 마음이라든가, 그런 걸 미뤄두고 질질 끄는 건 반대야!"

"대체 무슨 얘길 하는 거야……?"

"어……? 사이토는 무슨 얘기를 하는 건데……?"

도무지 맞물리지 않는 느낌에 사이토와 아카네는 얼굴을 마주보았다.

"나는 포옹 이야기를 한 건데……."

"……읏!"

얼굴에서 목덜미까지 붉게 타오른 아카네가 소파에서 몸을 일으켰다. 위협적인 거친 몸짓으로 쿵쿵 복도로 걸어가더니 힘차게 문을 닫아버린다.

2층으로 뛰어오르는 아카네의 발소리가 울렸다. 꽤 화가 난 모양이다.

──내가…… 뭔가 큰 실수를 한 건가……?

사이토는 테이블에서 머리를 감싸 쥐었다.

요즘 아카네는 평소보다 더 이해할 수 없는 언행을 자주 보인다. 이대로 가다가는 격분한 아카네에 의해 참살되거나 독극물 섞인 저녁 식사로 암살당할지도 모른다.

──그건 안 돼! 우리 집의 평화는 내 손으로 지켜야 해!

의지를 다잡은 사이토가 복도를 바라봤을 때.

"……."

커다란 고양이 인형이 복도에서 말없이 그를 엿보고 있었다.

검푸른 어둠을 머금은 허무의 눈동자. 감출 수 없는 살의를 담고 치켜 올라간 입가. 무시무시한 위압감이 감돌고 있다.

흠칫 어깨를 떠는 사이토. 하마터면 소파에서 굴러떨어질 뻔했으나 학년 1등의 존엄을 되새기며 애써 자세를 유지했다.

자세히 보니 어디선가 본 적이 있는 인형이었다. 아카네가 좋아하는 고양이 마스코트 캐릭터. 그 사실을 텐류에게 말했더니 『아내에게 선물해줘라』라는 편지와 함께 보낸 것이었다.

장소는 둘째치고 밤에 마주치면 몹시 오싹했기에 사이토는 처분하려고 했지만, 아카네가 "버리지 마! 내가 잘 돌봐줄게!"라며 울먹였기에 어쩔 수 없이 놔뒀다. 돌보고 말고 할 것도 없이 상대는 무생물이지만.

인형을 향해 사이토가 조심스레 말을 걸었다.

"아카네, 맞아……?"

"아니야."

"그럼 누군데, 무섭잖아!"

"나는…… 고양이야."

"그래…… 고양이구나."

그녀는 마침내 자신이 가장 좋아하는 존재와 일체화되었다. 잘됐구나. 사이토는 진심으로 축복하며 허겁지겁 거실에서 도망치려 했다.

하지만 아카네가 그렇게 쉽게 사냥감을 놓아줄 리가 없었다. 인형의 날카롭고 뾰족한 발톱이 사이토의 어깨를 움켜줘었다.

꿈쩍도 하지 않는 안면 깊은 곳에서 위협적인 목소리가 들려왔다.

"포옹…… 무슨 일이 있어도 해야 하는 거겠지……."

"아니, 아니, 난 이제 괜찮아! 만족해! 네가 신경 써준 것만으로도 감격스러워!"

사이토는 떠나려고 했지만, 어깨에 손톱이 박혀 있어서 빠지지 않았다. 왜 인형의 발톱이 이렇게나 날카로운 것인지 알 수 없는 노릇이다.

아카네가 사이토를 끌어안았다. 아니, 정확히는 포획했다. 따스한 온기 한 톨 없는 빳빳한 천이 사이토의 몸을 짓눌렀다.

"……어, 어때? 울었던 이유, 알겠어?"

아카네가 경직된 목소리로 물었다.

"전혀 모르겠어."

이런 압도적인 거대 고양이에게 사로잡힌다면 아마 아이는 울 것이다.

"이상하네…… 분석을 위해 아까의 조건은 똑같이 재현했는데……."

"전혀 재현이 안 됐어! 이런 괴물에게 포옹받는 건 처음이라고!"

"지금 내가 괴물이라는 거야?!"

"널 말하는 게 아니야!"

사이토는 거대 고양이의 구속에서 벗어나 전속력으로 자신의 공부방으로 후퇴했다.

학교 안뜰에서 사이토는 벤치에 앉아 책을 펼쳤다.

읽던 페이지로 시선을 내렸지만, 오늘은 문자의 세계로 쉽게 빠져들 수가 없다. 겨울 바다의 파도처럼 마음이 소란스러웠다.

사이토의 무릎에는 시세이가 머리를 얹은 채 우물우물 멜론빵을 뜯어먹고 있다.

자신의 저택에 있든 밖에 있든 사이토를 향한 시세이의 거리감은 변하지 않았다. 언제나 그녀는 있는 그대로, 마음 내키는 대로 사는 것처럼 보였다.

"……얼마 전에 아카네 때문에 울었는데 말이야."

심리 분석이라면 연산 능력이 높은 시세이와 상담하는 편이 효율적이지 않을까. 그렇게 생각한 사이토가 말을 꺼내자 시세이는 멜론빵을 먹던 움직임을 뚝 멈췄다.

"오빠는 매일 아카네 때문에 울고 있잖아?"

"무슨 이미지야!"

"조금 늦게 귀가할 때마다 아카네가 폭풍처럼 날뛰고, 오빠는 테이블 밑에 숨어 흐느끼고 있는 이미지."

"아무리 그래도 그렇게까지 살벌하지는 않아……."

결혼 초기에는 비슷한 느낌이긴 했지만, 최근의 아카네는 어느 정도 대화가 통한다. 행동이 쉽게 폭주하긴 하지만 귀여운 솔직함을 보여줄 때도 있다.

시세이가 남은 멜론빵(아직 3분의 2정도 남았지만)을 한 번에 삼켰다. 그리고는 일어나서 벤치에 다시 앉았다.

"무슨 일 있었어? 아카네가 특제 푸딩이라도 빼앗아 먹었어?"

"나는 그 정도로 울지도 않고 아카네도 그런 식탐은 없어."

"그럼 아카네가 집을 불태웠어?"

"그러면 아카네도 살 집이 없어지니까 곤란하잖아!"

눈물로 끝날 이야기가 아니었다.

"딱히 불쾌한 일이 있었던 게 아니라…… 아카네한테 포옹을 받으니까 눈물이 났어."

사이토가 말하자 시세이의 눈썹이 꿈틀했다.

작은 손이 꽉 주먹을 쥐었다.

"……어쩌다 아카네랑 그렇게 됐어? 고백…… 받았어?"

"고백? 누가 누구한테?"

"아카네가 오빠한테 고백했어?"

사이토는 쓴웃음을 지었다.

"설마. 천지가 뒤집혀도 그럴 일은 없을걸. 이 세상에서 아카네만큼 날 싫어할 사람도 없을 테니까. 안 그래?"

"…………응."

시세이가 눈을 내리깔았다.

"부부니까, 나에 대해 더 알고 싶다면서 갑자기 껴안더라고. 그때 나도 모르게 눈물이 났어. 근데 아무리 생각해도 운 이유를 모르겠어."

"궁금해?"

"원인 불명의 눈물이라니 무섭잖아. 안과에 가는 편이 좋을지도 몰라."

게다가 사이토는 묘하게 이유가 신경 쓰였다.

내 안에 뭔가가 있다. 숨을 죽이고 뱀처럼 똬리를 튼 채 이쪽을 노려보고 있다. 내버려 둬서는 안 될 것만 같은 그런 예감이 들었다.

"그럼 시세가 오빠를 안아줄게."

시세이가 사이토의 귓가에 입술을 대고 손바닥으로 얼굴을 감싼 채 속삭였다. 어딘가 달콤함을 띤 목소리. 평소에는 어조에도 감정이 잘 드러나지 않는 그녀로서는 보기 드문 모습이었다.

"과연……. 역시 상황을 재현해볼 필요는 있겠지. 도와줄 수 있을까?"

"오빠를 위해서라면 시세는 뭐든 도와줄 거야."

시세이는 벤치에 무릎을 꿇고 두 팔을 부드럽게 벌렸다.

교복 치맛자락 아래로 드러난 순백의 타이즈.

피를 덧바른 듯 선명하고 덧없는 입술.

푸른 하늘을 등진 채 아름다운 은발이 휘날리며, 푸른 하늘보다 더 푸른 눈동자가 바라보고 있다.

마치 요정 세계의 공주님.

태어날 때부터 쭉 옆에 있었지만, 이 소녀의 아름다움은 조금도 퇴색되지 않았다. 사이토가 사람의 외모에 가치를 느끼지 못하게 된 것도 시세이의 영향이 클 것이다. 누구보다 가까이 있는 존재가 완전무결한 공주라면 미에 대한 감각도 이상해지는 법이다.

"오빠는 가만히 있어."

시세이가 사이토를 끌어안았다.

사이토의 얼굴에 시세이의 가슴이 짓눌렸다.

다디단 냄새.

아담하지만 그곳은 확실히 부풀어 있었다. 두 사람이 목욕하거나 손을 잡고 잠을 자던 때와는 달리 시세이도 변하고 있다.

"오빠. 시세의 가슴은 좋아?"

"좋다니, 뭐가?"

"계속 이러고 싶어? 시세는 이렇게 있고 싶어."

"음, 진정되긴 하네. 이 냄새는 좋아."

어릴 때부터 익숙하게 맡아 온 평화로운 향기. 이곳에는 절대적인 내 편이 있다. 자신을 치장할 필요도, 억지로 양보할 필요도 없다고 느끼게 해 주는 향기.

"시세도, 오빠 냄새가 좋아. 오빠의 맛도 좋아."

킁킁거리던 시세이가 사이토의 머리에 코끝을 비볐다. 그것만으로는 성에 차지 않는지 사이토의 머리카락을 물거나 피부를 핥아댔다.

"잠깐, 그만해. 개도 아니고. 간지럽잖아."

"시세는 간지럽히고 있어. 이건 애무."

"그런 말은 어디서 배웠어?!"

너무 변하는 것도 문제라고 생각하는 사이토. 공주님은 영원히 순수한 공주님으로 남아 있으면 좋겠다.

그때 갑자기 목소리가 울려 퍼졌다.

"둘 다 너무 야해! 마호 폴리스가 한꺼번에 체포하겠어!"

마호가 전속력으로 사이토와 시세이 쪽으로 돌진해왔다. 가는 길에 존재하는 모든 것을 날려버릴 것만 같은 기세였다. 시세이는 재빨리 벤치 등받이에 뛰어올라 회피하고, 미처 도망치지 못한 사이토를 향해 마호가 격돌했다.

"크헉……!"

녹아웃 직전의 사이토.

마호는 개의치 않고 사이토의 무릎 위로 뛰어올랐다.

"내가 봤어! 오빠가 시짱의 가슴을 흡입하는 걸!"

"들켜버렸네."

시세이가 보란 듯이 두 손으로 뺨을 누르며 수줍어했다.

"흡입 안 했어!"

"핥았어."

"핥지도 않았어! 시세도 쓸데없이 오해 부추기지 마!"

마호가 분개했다.

"그럼 문지르고 있었어?! 완전 부러워! 오빠는 내 가슴을 만져! 난 시짱의 가슴을 만질 테니까!"

"어째서!"

"그게 곧 세계 평화로 이어지니까!"

"연관성을 전혀 모르겠어!"

마호의 가슴으로 손이 당겨지자 사이토가 필사적으로 저항했다. 호조 가문의 후계자가 강제 성희롱으로 스캔들을 일으킬 수는 없었다.

시세이가 마호의 손을 잡아 말렸다.

"시세의 가슴을 만져도 되는 건 오빠뿐이야."

"나도 안 만질 거거든?!"

"사이토 군…… 역시 시세이랑 그런 관계였구나……."

"히마리?!"

어느새 히마리가 벤치 뒤에 와서는 충격받은 표정을 짓고 있었다. 평소에는 상냥하던 눈동자가 공허하게 물들어 있고 몸은 부들부들 떨리고 있다.

내버려 두면 오해가 눈덩이처럼 불어나 대참사가 일어날 것이다.

그렇게 확신한 사이토는 벤치에 손을 내밀고 시세이를

향해 고개를 숙였다.

"부탁이야! 제대로 설명해줘! 고기만두 10개 살게!"

"고기만두…… 아니, 오빠의 부탁이라면 어쩔 수 없지."

시세이는 마호 쪽을 바라보며 말했다.

"오빠와 시세는 야한 짓을 하고 있던 게 아니야."

"그럼 뭐 하고 있었어?"

흥미진진한 표정의 마호.

"시세이의 가슴에 사이토 군의 얼굴이 파묻힌 걸 분명히 봤는데……."

수상쩍은 표정의 히마리.

"그건 실험. 오빠가 여자의 품에 안기면 무슨 일이 일어날까. 맞지, 오빠?"

"뭐…… 거의 맞아."

사이토는 인정했다.

더 자세히 설명하면 집에서 아카네에게 포옹을 받고 울었다는 사실까지 밝혀야 했기 때문에 절묘한 정보 공개가 되고 말았다.

히마리가 고개를 갸우뚱했다.

"왜 그런 실험을……?"

"뭐든 상관없어! 나도 그 실험 할래~! 실험에 실패해서 오빠가 폭발하면 재밌을 것 같아!"

"그게 무슨 재미으븝?!"

사이토의 항의가 무색하게도 마호가 주저 없이 사이토를 끌어안았다.

시세이보다는 성장했지만, 여전히 아담한 굴곡. 부드러운 촉감의 카디건을 통해 달콤한 냄새가 흘러들었다.

"자아, 오빠. 가슴이에요~♪ 마음에 들어져요~?♪."

마호는 사이토를 끌어안고 놀리듯이 말하며 머리를 쓰다듬었다.

"애 취급하지 마라……."

"에엥? 그치만 애 맞잖아~?♪ 내 품에서 응석 부리고 싶지? 괜찮아. 잔뜩 귀여워해 줄게~♪."

킬킬거리는 소리가 사이토의 귓불을 사로잡았다. 마계의 밑바닥으로 끌려갈 듯한 타락의 유혹이다.

히마리가 마호의 소매를 잡아당겼다.

"잠깐만, 마호. 나도 하게 해줘!"

"안 돼. 오빠는 내 가슴이 더 좋지?"

"으부븝……."

"그치? 오빠도 마호 님의 몸을 탐닉하는 게 가장 행복하다고 하잖아!"

의기양양하게 말하는 마호.

"아무 말도 안 했어! 그렇게 심하게 안으면 사이토가 질식할지도 몰라!"

"오빠는 내 품에서 죽으면 더 바랄 게 없지?"

"으부붑……."

"오빠도 이대로 죽고 싶다고 하잖아!"

"그러니까 아무 말도 안 했대도! 나도 시도해보지 않으면 비교해볼 수가 없잖아!"

히마리가 마호에게서 사이토를 빼앗아 자기 품에 안았다.

전에 없던 압도적인 볼륨에 사이토의 얼굴이 완전히 파묻혔다. 압도적인 가슴이 꾹꾹 누르며 압박해온다. 어른스러운 향수 냄새가 히마리의 열기와 뒤섞여 사이토의 폐 속을 가득 채웠다.

"어때? 사이토 군? 내 가슴이 더 기분 좋지?"

"내가 더 기분 좋았지?! 젊은 쪽이 파릇파릇하지?!"

"마호랑은 두 살밖에 차이 안 나!"

"사자는 두 살이면 아이를 가질 수 있어! 학부모 회장도 될 수 있어!"

"난 사자가 아니야!"

투닥투닥하는 마호와 히마리.

어느 쪽이 편한지는 알 수 없지만, 히마리의 가슴은 치명률이 더 높았다.

질식 직전의 사이토는 벤치를 터치하며 항복을 호소했지만, 두 사람은 눈치채지 못했다. 뇌의 산소 농도가 옅어지며 머리가 하얗게 질렸다.

"오빠가 죽을 것 같아. 풀어줘."

"앗."

시세이에게 지적을 받고 나서야 히마리가 사이토를 풀어주었다.

사이토는 벤치에 기대어 호흡을 가다듬었다.

"미, 미안해?! 질식시킬 생각은 없었어! 내 품에서 쉬어도 돼!"

팔을 벌리고 다가오는 히마리.

"누굴 또 질식시키려고!"

사이토는 황급히 히마리와 거리를 벌렸다. 성격은 온화하지만, 그녀의 가슴은 완전한 흉기다. 사로잡힌다면 두 번 다시 깨어나지 못할 수도 있다.

그때 강렬한 살기를 느낀 사이토는 몸을 굳혔다.

등골이 오싹할 만큼 싸늘한 시선. 증오와 분노가 뒤범벅된 오라.

교사 복도에서 아카네가 사이토 일행 쪽을 바라보고 있었다.

그 두 눈에 맺힌 것은 삼라만상을 끌어모은 듯한 암흑이었다.

"……인간 쓰레기."

멀리서 새어 나온 저주의 말이 귓가에 속삭인 것처럼 와 박혔다.

장렬한 대미지에 무너져내리는 사이토.

아카네는 뺨을 부풀린 채 학교 건물 안쪽으로 떠나갔다.

5교시가 끝난 후 쉬는 시간.

사이토가 이동 교실로 걸어가는데 아카네가 옆으로 다가왔다.

교과서와 노트를 꽉 껴안고 사이토 쪽으로는 눈길조차 주지 않았다. 미간의 깊은 주름, 힘이 담긴 어깨에서는 짙은 분노가 전해졌다.

"넌 상대가 여자라면 누구라도 상관없구나."

"누가 들으면 오해할 소리 하지 마. 아까 그건……."

해명하려는 사이토를 아카네가 노려보았다.

"아까 그건 뭐?! 모두를 번갈아 가면서 껴안고 변태 같은 얼굴이나 하고! 완전히 성범죄자의 얼굴이었어! 얼굴만으로 체포될 수준이야!"

"그 정도야?!"

"우히히 하는 웃음소리가 징그러웠어!"

"그건 절대 내 웃음소리가 아냐!"

사이토는 그보다는 조금 더 이성을 유지하고 있었다. 애초에 그때는 진지하게 질식사할 뻔했기에 웃을 여유 따위 전혀 없었다.

"인형에게 포옹을 받아봐도 울었던 원인을 분석할 수 없어서 시세에게 도움을 요청한 것뿐이야."

"시세이 씨한테? 하지만 히마리나 마호랑도 노닥거렸잖아."

아카네가 인상을 찌푸렸다.

"두 사람은 실험에 난입한 것뿐이야. 노닥거린 적 없어."

"흠, 마지막까지 본인은 잘못 없다고 시치미 떼긴……."

"시치미를 떼는 게……."

비난하는 듯한 시선에 사이토는 억울한 마음이 들었다. 제삼자가 본 상황은 압도적으로 사이토에게 불리하다. 어떻게 하면 아카네를 납득시킬 수 있을까.

"난 아카네가 도와주는 게 제일 좋은데."

사이토가 그렇게 말하자 아카네가 어깨를 흠칫 떨었다.

"뭐, 뭣?! 나더러 또 꽉 안아달라는 거야?!"

"뭐, 그렇지. 다른 녀석한테 부탁하면 이전과 같은 조건이 갖춰지지 않잖아."

"히마리보다 시세이 씨보다 마호 씨보다도, 나를 더 끌어안고 싶다는 뜻?!"

"그러니까 그렇다고 몇 번을 말해……."

몇 번이나 되풀이해 말하려니 사이토도 수치심으로 얼굴이 달아올랐다. 목적은 순전히 과학적인 것이었지만.

"그, 그렇구나……."

사사삭, 하고 아카네가 사이토에게서 거리를 벌렸다.

——질색한 표정!

소리치는 것보다 더 큰 정신적 대미지에 사이토는 몸부림쳤다.

그러나 아카네의 반응도 당연하다면 당연했다. 고등학교 1학년 때부터 천적이었고 서로의 꿈을 위해 결혼한 것에 불과한 남자가 뻔뻔하게도 포옹을 요구한 것이다. 생리적 혐오감을 보여도 어쩔 수 없다.

아카네가 흘끔흘끔 사이토를 쳐다보았다.

"넌 어쩔 수 없는 변태구나."

"경멸 어린 눈빛으로 보지 마……."

"난 경멸하지 않았어. 같은 별에 사는 것만으로도 수치스럽다고 생각할 뿐."

"살아있어서 미안하네!"

사이토의 MP는 이미 제로에서 마이너스로 접어들었다. 여기서 할복하면 용서받을 수 있을까? 나는 그 정도의 죄를 지은 걸까?

아카네가 사이토의 코끝에 검지를 가져갔다.

"각오해. 오늘 돌아가면……."

"돌아가면……? 무슨 일이 벌어지는데……?"

"목을 씻고 얌전히 기다리고 있어."

"목을 치는 거야?! 댕강?!"

"아니다, 역시 온몸을 씻고 기다려……."

"온몸을 치는 거야?!"

사이토는 공포로 몸을 떨었다.

오늘은 집에 가지 않는 것이 좋을지도 모른다. 하지만 도망치면 도망치는 대로 아카네는 지옥의 저편까지 쫓아올 것이다. 폭주 드래곤은 집념이 깊은 생물이다.

사이토는 각오를 끝내고 귀가해 거실에서 아카네의 동향을 살폈다.

아카네는 평소처럼 주방을 뛰어다니며 요리에 푹 빠져 있다. 냄비에 독극물을 넣으려는 기색은 없다.

저녁 식사 때도 차려진 음식은 평화로운 스튜와 흰살생선 볶음밥. 이상한 냄새나 자극물은 존재하지 않았고 먹는 순간 의식이 끊기지도 않았다.

――아예 무방비한 상태일 때 암살하려는 건가!

그렇게 추리한 사이토는 최대한 경계를 하며 목욕을 했다. 언제 습격할 것인가, 하고 욕조에서 욕실 문을 응시하며 기다렸지만, 아카네는 쳐들어오지 않았다.

결국 취침 시간이 된 뒤에도 칼부림 사건은 발생하지 않았다.

대체 아카네는 무슨 생각인 걸까. 혹시 잠자리를 습격하려는 걸까.

――오늘 밤은 잘 수 없겠어……!

잘 준비를 마친 사이토는 입술을 꽉 깨물고 침대에서 대기했다. 수마를 견디지 못했을 때를 대비해 사이드 테이블에는 초강력 영양 음료를 산더미처럼 쌓아두었다.

문이 열리고 아카네가 침실로 들어왔다.

사이토의 시선을 피하면서 다가오더니 침대 위에 앉는다. 다리를 살짝 벌리고 무릎 사이로 손을 찔러 넣고는 쭈뼛거리며 사이토를 올려다보았다.

"자, 그럼…… 시작하자."

"살해를?!"

"어째서?!"

눈을 부릅뜨는 아카네.

"학교에서 말했잖아……. 돌아가면 반드시 죽인다, 도망쳐도 죽인다, 그러니 각오하라고."

"그런 무서운 말은 안 했어!"

"반올림하면 그런 뉘앙스였어."

"멋대로 반올림하지 마! 난 그저……."

"그저……?"

사이토가 그녀의 얼굴을 들여다보자 아카네가 고개를 돌렸다.

두 손가락을 맞대고 어깨를 움찔거리며 입술을 삐죽인다.

"네, 네가 나한테 안아달라고 했잖아. 그래서 안아주려고……."

"뭐……?"

사이토는 자신의 귀를 의심했다.

"아니, 하지만…… 인형도 없는데……."

"인형 너머로는 잘 모르겠다며?"

"뭐……."

"그럼 직접 하는 수밖에 없잖아. ……다른 여자한테 시키는 것보단 이게 낫고."

"낫다고? 어째서?"

아카네가 귀를 붉힌다.

"내, 내가 네 이기적인 욕망을 채워주지 않으면 다른 아이 가슴에 마구잡이로 손을 대니까!"

"내가 최악의 저질남이라도 된 것 같잖아!"

"누가 봐도 최악의 저질남 맞잖아! 오늘의 증거 영상을 반의 모든 여자애들에게 보여주고 의견을 물어볼까?!"

"그것만은 봐주세요. 부탁합니다."

사이토는 즉시 백기를 들었다.

만약 그 광경이 퍼진다면 확실하게 사회적 죽음을 불러들일 자신이 있다. 분노한 반 친구들에 의해 생물학적 죽음마저 찾아올지도 모른다.

"자, 자…… 이리 와. 안을 거지?"

아카네가 수줍어하며 두 손을 내밀었다.

발갛게 물든 뺨. 약간 헐렁한 잠옷. 긴 소매에 반쯤 가려진 손. 아련하게 벌어진 입술은 립스틱이라도 바른 듯 윤기가 흘렀다. 목욕 후 달콤한 공기가 풍겨왔다.

그런 아카네의 모습은 그 어느 때보다 사랑스러웠고, 단 둘이 있는 침실에서 보기에는 너무나도 파괴적인 광경이었다.

사이토는 꿀꺽 침을 삼켰다.

"그, 그럼…… 잠깐만."

"……응."

긴장한 듯 고개를 끄덕이는 아카네의 등에 팔을 감쌌다.

그에 응하듯 아카네가 사이토를 끌어안았다.

꿈처럼 부드러운 감촉. 살랑거리는 머릿결은 달콤하고 향기롭다. 아카네의 뺨은 탈 듯이 뜨거워서 거기에 닿은 사이토의 뺨마저 녹아내릴 것 같았다.

평소엔 틈만 나면 물어뜯는 얄미운 소녀인데, 그 어깨는 쉽게 부서질 것처럼 가냘프고, 나약하게 떨고 있었다.

"그렇게 싫으면 무리하지 않아도 돼."

"싫지…… 않아."

떠나려는 사이토에게 아카네가 매달린다.

야릇하게 삐걱대는 침대 소리.

짓눌린 그녀의 가슴이 크게 뛰고 있었다. 잠옷 천이 얇은 탓에 소녀의 피부에 담긴 열기까지 선명하게 전해졌다.

"……."

사이토의 심장 또한 경종을 울리고 있었다.

싫지 않다는 건 무슨 뜻인가. 아카네도 사이토를 껴안고 싶다는 건가. 그런 말도 안 되는 상상이 드는 것은 지금의 아카네가 너무 귀여운 탓일지도 모른다.

"우, 울었던 이유, 알겠어……?"

달뜬 목소리로 아카네가 물었다.

"아니……."

눈물은 맺히지 않았다.

하지만 그때의 편안함은 느껴졌다. 심장은 미친 듯이 날뛰고 있지만 어째선지 편안했다. 자신과 아카네의 경계선이 희미해지고, 두 사람의 몸이 그대로 녹아내릴 것만 같은 느낌.

아카네의 목구멍에서 감미로운 비명이 새어 나왔다.

"응…… 너무 꽉 안으면…… 아파……."

"아…… 미안."

사이토는 저도 모르게 너무 힘이 들어갔다는 것을 깨달았다.

머릿속을 꿀에 절인 것처럼 생각이 잘 이어지지 않았다. 그저 몸속에서 새어 나오는 소망에 몸을 맡기고 입을 열었다.

"이대로…… 자도 돼?"

"……사이토가, 그러고 싶다면."

"그러고 싶어."

"……응."

그들은 서로 껴안은 채 침대에 누웠다.

——우리들 지금 부부 같은 짓을 하고 있어!

사이토의 팔 안에서 아카네는 딱딱하게 굳어 있었다.

원래 부부이긴 하지만 지금까지 두 사람에게 이런 일은 일어나지 않았다. 어디까지나 형식적인 결혼이었지 연애 감정 따위는 없었으니까.

눕자마자 사이토는 잠이 든 것인지 고른 숨소리를 내고 있었다. 아카네 쪽은 너무 두근거려서 잠이 올 것 같지 않은데, 아무렇지도 않아 보이는 사이토가 원망스러웠다.

——혹시 그런 건가?! 사이토에게 난 그저 안고 자는 베개일 뿐, 여자아이로 보이지도 않는 건가?!

그런 의심이 들 정도였다.

하지만 그건 아닌 것 같았다. 아까 아카네에게 짓눌려 있던 사이토의 가슴은 아카네만큼이나 격렬하게 울리고 있었다. 그때는 확실히 사이토도 긴장하고 있었다.

즉, 아카네를 여자아이로 의식하고 있었다는 뜻이다.

그런 생각을 하자마자 아카네는 더욱 고동이 빨라지는 것을 느꼈다.

적어도 아카네를 껴안고 싶다고 생각할 정도로는 호감이 있는 것이 아닐까. 생리적인 혐오감을 느꼈다면 이 상태에서 잠을 자는 것은 불가능했을 것이다.

사이토의 품에 안겨 있는 것은 무섭도록 기분 좋았다. 엄청난 천적이었는데, 그 천적과 체온을 겹치고 있는 것이 이렇게나 기분 좋을 줄은 상상도 못 했다.

줄곧 자신은 이렇게 하고 싶었지만, 그런 자신을 인정하고 싶지 않아서 필사적으로 사이토를 밀어내왔다. 솔직해지지 못하는, 귀엽지 않은 여자니까.

"사이토는…… 나를 어떻게 생각해……?"

아카네는 사이토의 뺨에 손을 대고 중얼거렸다.

대답하지 않는 그의 잠든 얼굴을 보고 있자니 심장이 꽉 조여왔다.

다음 날 아침 사이토는 침대에서 머리를 싸매고 있었다.

——내가 대체 무슨 짓을 한 거야……!

어젯밤의 자신의 언동을 믿을 수가 없었다. 그때는 아카네가 너무 귀엽고 서로 껴안고 있는 것이 기분 좋아서 제정신이 아니었다.

그렇지 않고서야 그런 터무니없는 요구를 할 리가 없다. 하필이면 껴안은 채 자고 싶다고 하다니.

지금도 아카네는 사이토의 품 안에서 고른 숨소리를 내고 있었다. 기분 좋게 감긴 눈, 사이토를 놓치지 않으려는 듯 셔츠를 잡고 있는 손이 참을 수 없이 귀여웠다. 가늘고 부드러운 다리가 사이토의 다리에 휘감겨 있다.

사이토는 슬며시 자신의 셔츠에서 아카네의 손을 떼어 내고 그녀를 깨우지 않도록 조용히 침대에서 빠져나왔다. 만약 아카네가 깨어나면 어떤 얼굴로 마주해야 할지 알 수 없었다.

일찍 등교하기 위해 자신의 공부방에서 옷을 갈아입고 있는데 복도에서 아카네가 방을 들여다보고 있었다. 차분한 눈빛으로 새까만 아우라를 풍기고 있다.

"사이토…… 어젯밤 일 말인데……."

"정말 미안했어!"

사이토는 사력을 다해 고개를 숙였다.

살해당하기 전에 사죄한다. 이것이 우리 가문의 최강 생존술이다. 자신에게 전쟁의 원인이 있다면 더더욱 그렇다.

"……뭐? 왜 사과하는 거야?"

아카네의 미간 주름이 깊어졌다. 심도는 0.5mm. 0.8mm를 넘은 시점에서 위험 수역이라는 것을 사이토는 지금까지의 공동생활을 통해 배운 상태였다.

"어젯밤은 내가 너무 건방졌어! 제정신이 아니었어!"

"제정신이…… 아니야……?"

아카네가 어깨를 부들부들 떨었다. 분노 게이지가 급속히 올라가는 것을 본 사이토는 오싹함을 느꼈다. 이대로라면 폭발하는 것도 시간문제다.

"그, 그래! 내가 아니었어! 평소의 내가 그런 말을 할 리가 없잖아?!"

"그럼…… 뭐야? 어제 그건 본심이 아니었다, 술김에 그런 거였다, 뭐 그런 말을 하고 싶은 거야……?"

"미성년자라 술은 안 마셨지만…… 뭐, 대충 그런 거야. 주제넘은 짓을 해서 정말 미안해. 잊어줘."

"사, 사……."

부들부들 떠는 아카네.

"사……?"

"사이토 이 바보야아아아아!"

"어째서——?!"

최대한의 성의를 담은 사죄에도 격분이 돌아오자 사이토는 맹렬한 속도로 도망쳤다.

뒤에서 베개나 인형 같은 것이 날아왔다. 다행히 치명상을 입지는 않는 물체지만, 분노가 실려 있어 한 발 한 발의 에너지가 막대했다.

사이토는 책가방을 끌어안고 자택에서 탈출했다.

학교에서도 사이토는 제대로 아카네의 얼굴을 볼 수 없었다.

점심시간, 복도를 걷고 있는데 저편에서 아카네가 다가왔다. 순간 두 사람 사이에 긴장감이 고조됐다.

교복을 입고 있음에도 사이토의 뇌 속에서는 아카네의 잠옷 차림이 되살아났다. 그것뿐이라면 그나마 다행이지만 아카네를 껴안았을 때의 부드러운 감촉, 가는 목덜미에서 풍기는 새콤달콤한 향기까지 선명하고 생생하게 재현되었다.

도저히 평정심을 갖고 대할 수가 없었다. 아카네와의 거리가 좁아지면서 심장이 거칠게 뛰고 등에 식은땀이 흘렀다.

아카네의 두 손이 싸움에 임하는 권투 선수처럼 꽉 쥐어졌다. 분명 어제 일에 관해 사이토의 잘못을 추궁하려는 거겠지. 사이토의 행위를 성희롱으로서 단죄할 것이다. 어쩌면 피에 젖은 싸움이 될지도 몰랐다.

아카네의 새하얀 목에서 상기된 목소리가 새어 나왔다.

"저, 저기…… 사이토?"

"……!"

사이토는 전속력으로 뛰기 시작했다. 학교를 참극의 무대로 만들 수는 없었다.

"잠깐?! 왜 도망가는 거야?!"

반사적으로 쫓아오는 아카네.

"도망친 거 아니야! 지금 당장 가야 할 곳이 생겨서…… 그래, 그건 남자들만의 전쟁터, 여자는 따라오면 안 돼!"

"흘려들을 수가 없는데?! 차별은 용서 못 해!"

"그냥 화장실이야! 여자는 따라올 수 없다고!"

"여자를 얕보지 마! 개인실로 도망친다고 해도 벽을 파괴

하면 그만이야!"
"여자 무서워!"
하지만 무서운 것은 거의 아카네다.
사이토는 정신없이 질주했다.
아무렴 아카네도 화장실까지 난입해 오진 않겠지만……
아니, 아카네의 성격상 어떤 폭거를 행사할지는 알 수 없는 일이었다.
두 사람의 발소리가 거칠게 울려 퍼졌다.
"기다려! 기다리라니까! 복도에선 뛰면 안 돼!"
"너도 뛰고 있잖아!"
"난 달리는 게 아니야! 이건 나는 거야!"
"어디까지 진화한 거야!"
사이토는 근처 교실로 뛰어들어 청소 도구함 속으로 도망쳤다.
문을 닫고 몸을 숨기고 있자 아카네의 발소리와 거친 숨소리가 다가왔다. 완전히 공포 게임 속 상황이었다.
청소 도구함 앞에서 발소리가 이리저리 오갔다. 사이토는 숨을 죽이고 고동조차 억누르고 기척을 숨겼다. 눈을 깜빡이는 소리마저 들킬 것 같아 두려웠다.
이윽고 발소리가 멀어졌다.
사이토는 참고 있던 숨을 몰아쉬며 몸의 힘을 뺐다.
"찾았다!"

"끄악?!"

갑자기 문이 열리고 소녀가 사이토에게 달려들었다. 좁은 청소 도구함 속에 틀어박혀 있던 사이토는 도망갈 곳이 없어 꼼짝도 할 수 없었다.

"목숨만은……!"

사이토가 항복을 선언하자 소녀가 웃음을 터뜨렸다.

"오빠도 참~ 얼마나 겁먹은 거야~♪."

"……?!"

자세히 보니 상대는 아카네가 아니다. 마호가 사이토에게 매달린 채 장난스러운 미소를 지으며 올려다보고 있었다.

"뭐야, 마호였나……."

"무서웠어? 응? 무서웠어? 지렸어?"

쿡쿡 하고 사이토의 가슴을 찌르는 마호.

"누가 지렸다는 거야!"

"에잉, 거짓말~. 오빠 아까 새파랗게 질려서는 벌벌 떨고 있었잖아. 또 잘못해서 언니 화나게 했지?"

"왜 당연히 내가 잘못했다는 전제인 건데……."

사실 이번 일에 관해서는 사이토에게 잘못이 있긴 했다.

마호는 망설임 없이 허리에 손을 얹고 단언했다.

"왜냐하면 언니는 완전 정의롭거든! 언니는 옳은 일밖에 하지 않고, 언니를 거스르는 존재는 모두 악이야!"

"세뇌당한 건가."

"세뇌 따위 안 당했어! 앗, 아니야! 나는…… 세뇌, 당하지 않았어…… 행복해…… 행복해……."

"완전히 세뇌당했네!"

"언니이~! 여기 오빠가브븝!"

사이토는 심장이 철렁 내려앉았다. 마호는 도망치려고 날뛰지도 않은 채 즐겁다는 얼굴로 어깨를 떨며 웃고 있다.

"나를 아카네에게 넘길 셈이냐!"

"악의는 없어. 오빠 얼굴이 절망으로 일그러지는 걸 보고 싶을 뿐이야!"

"악의투성이잖아!"

"멋지게 등장한 내가 바닥까지 떨어진 오빠를 줍는 거지. 알몸이 된 오빠에게 목줄을 채우고 방에서 기르면서 매일 예뻐해 주는 거야."

"난 죽어도 그런 비참한 남자는 안 될 거야!"

사이토가 마호와 거리를 벌렸다.

위험인물은 아카네 한 명뿐이라고 생각했는데, 자매인 만큼 마호도 블랙리스트에 올려두는 편이 좋을지도 모른다.

사이토가 간신히 벌려둔 거리는 거리낌 없이 달라붙는 마호에 의해 무력화됐다.

"그보다 진짜 왜 언니를 피해서 숨은 거야? 언니 팬티 입고 몰래 등교하려다가 들켰어?"

"그런 현장을 들킨다면 차라리 할복하는 편이 나아."

"안 들켰어?! 그럼 아직도 입고 있다는 뜻?!"

"입었겠냐! 아카네랑은 그냥 좀…… 얼굴을 마주하는 게 거북한 것뿐이야."

사이토가 목소리를 낮췄다. 한 지붕 아래 살고 있으니 언제까지고 피할 수는 없겠지만, 지금은 시간이 필요했다.

마호는 입가에 손가락을 갖다 댄 채 고개를 갸우뚱했다.

"음? 잘은 모르겠지만 오빠가 곤란하다면 언니한테는 말 안 할게."

"고맙다."

사이토가 가슴을 쓸어내렸다.

"대신 점심시간 끝날 때까지 나랑 놀아줘?"

"뭐 할 건데? 게임 같은 건 안 가져왔어."

"뭐냐면~ 오빠랑 꽁냥대면서 학교 안을 돌아다니고, 그 모습을 남자애들에게 보여줘서 오빠를 반죽음으로 몰아가는 게임♪."

"야……."

마호는 사이토에게 팔을 감고 복도로 끌고 갔다.

교실을 나서자마자 그곳에는 아카네가 우뚝 서 있었다.

냉랭한 눈으로 사이토를 바라보며 딱 한마디.

"……최악이야."

수백만 개의 바늘이 사이토의 심장에 와 박혔다.

"으아아아아아아아!"

"오빠?! 너무 빨라!"

사이토는 경악하는 마호를 끌고 학교 건물을 달렸다.

"윽…… 흑…… 사이토 바보…… 바보야……."

디저트 카페 테이블에서 찻잔을 움켜쥔 아카네가 원망 어린 말을 쏟아냈다.

맞은편 자리에는 할머니인 치요가 앉아 걱정스럽게 아카네를 보고 있다.

"아카네? 말차로 취했니?"

"취한 적 없어…… 히끅."

"걱정거리가 있다면 이 할미에게 말해보렴. 믿을 만한 지인에게 부탁해서 어떤 방법을 써서든 해결해 달라고 할 테니까."

위로의 말이 살짝 무섭다.

할머니가 관리하는 고급 요정에는 정재계의 유력자들이 모이니 웬만한 일은 힘으로 해결할 수 있을지도 모르겠지만, 유감스럽게도 아카네가 안고 있는 것은 더욱 섬세한 고민이었다.

"사이토랑 분위기가…… 어색해."

"사이토랑? 어떤 식으로 어색한데?"

"집에 있어도…… 말도 잘 안 해 주고. 눈이 마주치면 피해버리고. 평소에는 저녁 식사 후에 둘이서 영화를 보기도 했는데 요즘은 그것도 없고. 날 피하고 있는 것 같아……."
말할수록 아카네는 마음이 가라앉는 것을 느꼈다.
치요는 눈을 동그랗게 뜨고 아카네를 바라보았다.
"왜, 왜 그래? 할머니."
"……아니, 좀 놀랐구나. 사이토와 사이좋게 지내지 못한다는 걸 아카네가 그렇게까지 슬퍼할 줄은 생각도 못 했거든."
"그, 그건……."
아카네는 목덜미가 뜨거워졌다.
치요가 아카네에게 얼굴을 대고 작게 속삭였다.
"혹시…… 이제야 사이토에 대한 마음을 알아차린 거니?"
"어……? 그, 그게 무슨 말이야? 할머니는 알고 있었어?!"
경악하는 아카네에게 치요는 주름진 뺨을 부드럽게 풀었다.
"소중한 손녀의 일이니 당연하지."
"언제부터……?"
아카네가 쭈뼛거리며 물었다.
"그야 아주 오래전부터. 텐류 씨가 열었던 사이토의 졸업파티 때 아카네가 사이토와 즐겁게 대화하고 있던 것도 멀리서 봤는걸? 그때 피는 속일 수 없다고 생각했단다."
"피는 속일 수 없다니, 무슨 뜻이야……?"
치요는 즐거운 듯이 웃는다.

"젊은 시절의 내가 텐류 씨에게 반했듯이, 아카네도 사이토에게 반해버렸다는 뜻이야."

"……!"

아카네는 수치심에 불타 버릴 것만 같았다.

확실히 시작은 그 파티였다. 자각은 하지 못했지만, 아카네는 처음 만났을 때부터 사이토에게 이끌렸던 것이다. 그 일을 할머니가 꿰뚫어 보고 있었다는 사실이 참을 수 없이 부끄러웠다.

"할머니…… 혹시……."

"뭐니?"

"……아니, 아무것도 아냐."

할머니의 의도에 관해 떠올린 상상을 아카네는 마음속에서 지워버렸다. 깊게 생각해서는 안 된다. 이 이상 상황이 복잡해지는 것은 곤란했다.

그런 아카네를 본 치요가 어깨를 으쓱했다.

"그래서, 왜 사이토와 어색해진 거니?"

"내가…… 사이토를 껴안아 버렸어."

아카네가 사그라질 듯한 목소리로 답했다.

"어머, 어머."

치요가 흥미로운 얼굴로 입가를 눌렀다.

아카네가 당황하며 황급히 손을 내저었다.

"어, 어쩔 수 없었어! 그때는 정신이 없어서, 뭐가 뭔지도 모르겠고 무심결에 안아 버렸다고 할까! 그 후에 사이토한테 다시 안아달라는 부탁을 받고 둘이서 껴안은 채로 잠든 뒤에 공기가 이상해져서!"

치요가 눈을 번뜩였다.

"증손이……?!"

"안 생겼어!"

"피임했다는 거니?! 이 할머닌 그것만큼은 허락 못 한다!"

"야한 짓은 안 했다니까!"

"하지만 '안은 채로 잤다'는 건 그런 의미 아니니……?"

얼굴을 붉히는 치요.

"돌려서 표현한 게 아니라 진짜 껴안고 자기만 했어!"

"패기 없는 손녀 같으니."

"그게……."

아카네는 입을 빼끔거렸다. 늘 상냥하고 존경하는 할머니가 진심으로 실망한 얼굴을 보는 것은 꽤 괴로운 일이었다.

치요는 보기 드물게 짓궂은 얼굴로 눈을 가늘게 떴다.

"그런 일 후에 공기가 이상해졌다면, 사이토에게 미움을 받은 걸지도 모르겠구나."

"어……?"

아카네는 심장 깊숙이 얼음이 닿은 느낌이었다.

애초에 앙숙이나 다름없는 사이이긴 했지만. 그래도 요즘은 조금씩 두 사람의 관계가 개선되고 있다고 생각했는데.

"아니니? 그동안 사이토에게 미움 살 만한 일이 없었어?"

"짐작 가는 건, 엄청 많긴 한데…… 근데, 진짜로……?"

생각만으로도 무서워서 견딜 수 없을 정도였다.

자신이 사이토에게 지나치게 간섭했던 걸까? 사이토에 대해 알고 싶다고 조르고, 몸도 마음도 가까워지고 싶었던 나머지 사이토가 거리를 두게 된 것일까?

가능성이 없는 이야기는 아니었다. 교실에서 보는 사이토는 혼자 독서를 하는 경우가 많고, 무리에 끼는 타입은 아니다. 거리낌 없이 다가오는 아카네를 성가시게 여겼을지도 모른다.

"사이토의 마음을 확실하게 확인해보는 편이 좋지 않겠니?"

치요의 말에 아카네가 고개를 숙였다.

오늘이야말로 사이토를 놓치지 않겠다.

그렇게 결심한 아카네는 세면대에 숨어 사이토를 기다렸다.

미행을 부탁한 마호에게서 곧 사이토가 집에 도착한다는 연락이 왔다. 그때가 가까워질수록 아카네는 심장이 요동치는 것을 느꼈다.

현관문 잠금장치가 돌아가는 소리가 났다.

——왔다!

몸을 경직시키는 아카네.

천천히 문이 열리고 책가방을 든 사이토가 들어왔다. 아카네에게 들킬 것을 경계하는지 신발을 벗으며 주위를 둘러보다가 슬며시 계단을 올라갔다.

——이미 들켰어…….

아카네는 발소리를 죽이고 뒤를 따라갔다.

사이토는 자신의 공부방 앞에 와서 문고리를 잡아당겼다.

하지만 문은 꿈쩍도 하지 않았다.

"읏?! ……?!"

사이토는 황급히 문고리를 잡아당겼지만 아무 일도 일어나지 않았다.

혼란스러운 사이토의 등뒤로 아카네가 싸늘하게 고했다.

"……소용없어. 그 문은 접착제로 굳혔으니까."

"아카네?! 어째서?!"

사이토가 흠칫 놀라 뒤돌아본다.

아카네는 주먹을 불끈 쥐고 격정을 부딪치듯 소리쳤다.

"네가 나랑 대화하고 싶어 하지 않으니까 그렇지!"

단둘이 있는 집에 아카네의 목소리가 예상보다 크게 울려 퍼졌다.

사이토가 눈을 깜박였다.

"나랑 대화를…… 하고 싶었어?"

"……!"

아카네는 수치심에 얼굴이 불탈 것만 같았다.

참다못해 털어놓은 것인데 너무 대담한 발언이었는지도 모른다. 하지만 한 번 내뱉은 말은 되돌릴 수 없다.

아카네는 사이토의 넥타이를 잡고 끌어당겼다. 절대 무시할 수 없을 정도로 얼굴을 가까이 가져가더니 똑바로 사이토의 눈을 노려보았다.

"나, 나를……."

"뭐, 뭐야……?"

물어봐야 했다.

무서워도 도망칠 수는 없었다.

아카네는 용기를 내어 작은 소리를 쥐어짰다.

"싫어……해……?"

입에 담는 것만으로도 눈가가 촉촉해졌다.

천적이었던 남자에게 그런 것을 묻다니, 시작부터 이미 틀렸다는 것은 알고 있지만, 몇 번이나 그에게 싫다고 말해 버린 나는 미움을 사도 어쩔 수 없지만. 그래도.

"나는……."

사이토가 대답을 망설였다.

"싫으니까 피하는 거잖아? 더 이상 다가오지 않았으면 하는 거지? 내가, 방해되는 거지?"

"아니야."

"그럼 어째서야?!"

떼를 쓰는 아이처럼 아카네가 따지듯 물었다. 괜한 고집을 부리면 더 미움받을 것을 알면서도.

사이토가 작게 한숨을 쉬었다.

"……부끄러웠어."

"부끄럽다니, 뭐가?"

"그러니까, 그…… 껴안고 잔 거 말이야."

"……."

귀를 붉히는 사이토의 모습에 아카네도 몸이 뜨거워졌다. 사이토의 품 안에서 잠든 밤의 기억이 생생한 오감의 자극과 함께 되살아났다.

"너랑 대화하는 건 싫지 않아. 매번 엉뚱한 소릴 하니까 지루할 일도 없고."

"엉뚱한 소리는 한 적 없어. 평범하잖아."

"그게 평범한 건가…… 뭐, 상관없어. 아카네가 만든 요리도 좋아하고, 같이 노는 것도 즐거워. 용서해 준다면 다시 평소 같은 생활로 돌아가고 싶어."

"용서하다니, 뭐를?"

아카네가 미간을 찌푸렸다.

"안고 자달라고 부탁한 거."

"나, 난…… 딱히 화 안 났어. 내가…… 좋아서, 한 일이고."

너를 좋아한다고는 말할 수 없었다. 지금의 아카네에게 그 정도의 용기는 없었다.

"너, 너는…… 기분 나빴어? 그런 건 싫었어?"

사이토가 어색한 듯이 눈을 돌렸다.

"……솔직히 기분 좋았어. 그렇게 푹 잔 건 처음이었던 것 같아."

"윽!!"

온몸이 고열에 휩싸이며 결국 한계에 다다른 아카네는 그 자리에서 도망쳤다.

자신의 공부방으로 뛰어 들어가 힘차게 문을 닫았다.

"이봐?! 아카네 넌 도망쳐도 되는 거야?! 그보다 용서는?! 안 해줄 거야?!"

문 너머로 사이토의 당혹스러운 목소리가 들려왔다.

"용서할게!"

사이토는 아카네를 싫어하지 않았다. 반대로 좋아해 주고 있었다. 여자아이로서 의식하고 부끄러워해 주고 있었다.

그 사실이 기쁘고 부끄러웠다. 온몸이 간질거려서 무심코 웃음이 났다.

아카네는 타오르는 뺨을 두 손으로 꾹 누른 채 카펫 위를 데굴데굴 굴렀다.

사이토, 내가 안아준 게
기분 좋았구나
…….
위이잉…
어쩌면 또 부탁해올지도 몰라!
너에게 중독돼 버렸어…
안 돼…
몽글몽~글

여기 있었구나!
덥석
꺅?!
이쪽으로 와봐!
설마 진짜로?!

이거 봐!
두둥
트럼프 타워! 자기기록을 갱신했어!
아아… 응… 굉장하네.

제 2 장 《앨범》 episode2

방과 후 사이토와 시세이가 학교 현관을 나서자 마중 나온 차가 미리 와 있었다.

10명은 거뜬히 탈 수 있는 크기의 리무진. 새하얀 몸체는 잘 손질되어 반질거리고 은색의 휠은 눈부시게 빛나고 있다.

차 옆에는 평소의 메이드 운전사가 문을 연 채 서 있었다.

나이는 사이토도 들은 적이 없지만, 겉보기에는 20대 초반. 모델처럼 키도 훤칠하고 탐스러운 긴 머리카락도 아름답다. 무표정하지만 단정한 얼굴이다.

"기다리고 있었습니다, 아가씨."

메이드 운전사가 고개 숙여 인사했다.

시세이가 휙 고개를 돌렸다.

"안 기다려도 돼."

"그럴 수는 없습니다. 아가씨의 왕복 경호도 제 일에 포함되어 있으니까요."

"그럼 오늘은 휴가. 백 년 정도 휴가."

"유급은 백 년까지 안 됩니다."

"그럼 오빠만 태우고 가."

"난 따로 걸어서……."

당황하는 사이토의 등을 시세이가 억지로 차 안으로 구겨 넣었다.

문을 닫고 달려가는 시세이.

무뚝뚝한 얼굴의 메이드 운전사가 운전석에 올라탔다. 리무진이 서서히 움직이며 교문을 빠져나갔다.

메이드 운전사는 아무 말도 하지 않고 그저 진로를 주시하고 있다.

——다, 답답해……!

차내의 침묵에 사이토는 몸을 떨었다.

메이드 운전사와는 담소를 나눌 사이도 아니다. 하지만 운전이 평소보다 더 거칠어서 독서도 할 수 없었다. 그녀의 온몸에서 압박감이 감돌았다.

사이토는 결국 참지 못하고 입을 열었다.

"뭔가, 괜찮아?"

"……."

침묵하는 메이드 운전사.

"무슨 일 있어?"

"……."

"루이? 시세랑 싸웠어?"

메이드 운전사를 이름으로 부르는 것은 오랜만이다.

루이가 못마땅한 얼굴로 마지못해 대답했다.

"싸우지 않았어요. 제가 아가씨에게 미움을 받은 것뿐입니다."

"그래……."

할 말이 떠오르지 않았다.

"아가씨에게 도움이 되지 않는다면 저는 죽는 게 나을지도 모릅니다. 이대로 가드레일을 뚫고 폭발하겠습니다."

루이가 액셀을 밟자 차가 가속했다.

"잠깐, 잠깐! 나도 타고 있다고!"

"그럼 셋 셀 동안 뛰어내리세요."

"뛰어내리는 쪽이 먼저 죽겠지!"

"어쩔 수 없군요……. 그럼 다섯을 셀 동안 재주껏 뛰어내리세요."

"시간제한의 문제가 아니야! 이 롤러코스터 같은 차에서 점프할 수 있는 인간은 없다는 뜻이라고!"

"저는 가능합니다. 하지만 그렇죠. 사이토 님께 폐를 끼칠 수는 없으니 그냥 제가 뛰어내리겠습니다."

"결과적으로 내가 죽는 건 마찬가지잖아!"

브레이크도 밟지 않은 채 문을 열려는 루이와 탈출용 낙하산을 찾아 필사적으로 차 안을 살피는 사이토. 하지만 그런 것이 있을 리가 없다. 남은 것은 이 폭주 운전자를 설득하는 길뿐이다.

"제발 진정해! 시세랑 화해할 수 있도록 내가 뭐든지 도와줄게!"

"뭐든지요?"

"그래, 뭐든지!"

그 무엇도 목숨과는 바꿀 수 없다.

루이가 문을 여는 것을 멈추고 곧 차의 속도가 느려졌다.

어떻게든 설득에 성공했다는 생각에 사이토는 가슴을 쓸어내렸다. 폭주 드래곤인 아카네와 함께 지낸 경력이 빛을 발한 것이다.

"그나저나 무슨 일이 있었던 거야?"

"흐윽……."

메이드가 손수건으로 눈가를 눌렀다.

아니, 운전 중에 손수건 사용하지 마. 그렇게 말하고 싶은 사이토였지만, 또 액셀을 밟는 일만은 피하고 싶었기에 애써 무시했다.

"……아가씨가 기대하고 있던 특제 푸딩을 제가 먹어버렸습니다."

"완전 하찮아!"

사이토는 맥이 빠졌다.

"하찮지 않아요. 아가씨에겐 사활이 걸린 문제입니다."

"그럼 넌 왜 주인이 사활을 걸게 만든 건데?!"

루이가 진지한 표정으로 말했다.

"화난 모습이 귀엽다고 생각했기 때문입니다!"

"질리지도 않는 건가……."

사이토는 이전에도 비슷한 일을 저질렀다가 시세이에게 혼났다는 이야기를 들은 기억이 있었다. 시세이를 향한 메이드의 사랑은 일그러져 있었다.

"어느 가게의 한정품이었던 건지, 아가씨의 분노는 정말이지 엄청났습니다. 대지가 갈라지고, 바다가 증발하고, 태양이 가려질 정도였어요……."

"무슨 사악한 신의 분노라도 돼?"

"아니요, 아가씨는 제 여신입니다. 달의 여신 셀레네입니다."

잘은 모르겠지만 대단한 숭배였다. 이 정도면 시세이의 신자가 아닌가.

"사죄의 뜻으로 그 푸딩을 사 와서 사과하면 되지 않을까?"

"곤란하게도 포장지를 버린 바람에 어느 가게의 상품인지 알 수가 없습니다. 아가씨에게 물어봐도 알려주지 않으시고요. 사이토 님이라면 아가씨가 자주 가는 가게를 잘 아시겠죠?"

"여기저기 같이 가긴 했지만 하나로는 좁히기 어렵네."

"그럼 전부 돌아보고 다 사들이죠."

"그런 귀찮은……."

사이토가 난색을 표하자 루이가 핸들을 잡았다.

"……그런 태도를 보이셔도 괜찮을까요? 지금 사이토 님의 생사여탈권을 쥐고 있는 것은 접니다만?"

"그런 잔인한 협박을……!"

"잔인하지 않습니다. 저와 함께 죽을지 푸딩을 사고 살지를 고르라는 겁니다."

"나는 푸딩을 사고 살겠어!"

사이토는 즉시 결정했다. 아직 읽고 싶은 책은 산더미처럼 많다. 이런 불합리한 결말로 져버리는 것은 절대로 사양이다.

상점가 근처 유료 주차장에 리무진을 주차하고 루이와 사이토는 차에서 내렸다.

길쭉한 리무진은 한 대에 다섯 대 정도의 공간을 차지하고 있는데 한 대 요금만 내도 괜찮은 걸까 하고 사이토는 생각했다. 평소에는 운전사인 루이가 대기하고 있으니 길가에 주차할 수 있었지만 오늘은 그럴 수도 없다.

사이토와 루이가 상점가를 걷고 있자 행인들의 시선이 와 박혔다.

"메이드?" "이 근처에 그런 가게가 있었나?" "코스프레겠지?" "엄청난 미인이네" "이벤트라도 하나?"

그런 말이 군중들 사이에서 들려왔지만, 그녀는 진짜 메이드다. 시중을 드는 상대도 진짜 아가씨다.

루이는 감탄 섞인 행인들의 시선을 개의치 않고 주위 건물들을 진지하게 훑어보며 중얼거렸다.

"푸딩…… 푸딩푸딩푸딩……."

"주문처럼 외우지 마."

"끌어당김의 법칙을 모르시나요? 강하게 바라면 실현되

기 쉽다는 법칙입니다. 이렇게 외우다 보면 어디선가 목적했던 푸딩이 날아올지도 모릅니다."

"그 푸딩은 다 부서져서 식용으론 적합하지 않겠군."

사이토는 푸딩이 난무하는 무법천지에서 살고 싶지 않았다. 푸딩은 기다릴 것이 아니라 자신의 힘으로 얻어야 한다.

사이토는 거리 쪽에 자리한 디저트 가게를 가리켰다.

"저 가게는 어때? 저번에 시세랑 같이 갔는데 그럭저럭 맛있더라."

"그럭저럭 정도로는 아가씨의 혀를 만족시킬 수 없습니다."

"아니, 내 감상이야. 단 음식은 별로 안 좋아하니까."

"그럼 가볼까요."

루이가 디저트 가게로 다가갔다.

"어, 어서 오세요……."

점원이 당혹스러운 얼굴로 루이의 메이드복을 쳐다보았다.

루이는 카운터 겸 진열장을 빤히 쳐다보았다. 케이크와 수플레, 타르트 등에 섞여 푸딩도 여러 종류 진열되어 있다.

"진열된 상품 중에는 제가 먹었던 푸딩이 없군요. 이것뿐입니까? 따로 더 숨기고 있는 건 없습니까?"

"수, 숨겨요……?"

더욱 당황하는 점원.

루이는 카운터로 몸을 내밀어 점원에게 가면처럼 무표정한 얼굴로 다가갔다.

"저에게 뭔가 숨기는 건 없느냐고 묻는 겁니다. 대답에 따라서는 무력을 사용하는 것도 개의치 않겠습니다."

"좋아, 다음 가게로 갈까!"

사이토는 루이의 팔을 잡아끌고 디저트 가게를 떠났다.

루이는 못마땅한 얼굴로 사이토를 쳐다보았다.

"아직 그 가게의 조사가 끝나지 않았습니다. 왜 방해하는 거죠?"

"무력으로 협박하면 곤란하니까!"

"대부분의 일은 무력으로 해결됩니다. 압도적인 힘 앞에서만 사람은 진정 서로를 알 수 있는 법입니다."

"적어도 내 안에서 그런 건 '안다'고 말하지 않아!"

"걱정 마세요, 사람은 해치지 않습니다. 가게 기둥을 네 개 정도 떼어낼 뿐입니다."

"무너진다고!"

사이토는 디저트 가게로 돌아가려는 루이를 전력으로 막았다.

폭주하는 메이드 운전자이니 차에서 내리면 안전하리라 생각했던 사이토의 실수였다. 이 운전자는 운전하지 않을 때가 더 위험했다.

두 사람이 걸어가는데 앞쪽 가게에 줄을 서 있는 것이 보였다.

이번에는 과일 카페다. 1층에서 선물용 과일과 테이크아웃 제품을 판매하고 2층은 먹고 가는 사람들을 위한 곳이다. 가격대가 나가기 때문에 손님 연령대는 높은 편이었다.

그 줄 맨 끝에 있는 한 여성에게 루이가 물었다.

"무슨 줄이죠?"

"계절 과일을 이용한 푸딩이에요. 하루 백 개 한정이고요."

루이의 눈이 반짝 빛났다.

"사이토 님. 아가씨가 이 가게에도……?"

"가끔 와. 나는 물밖에 안 마시지만."

"네……? 아가씨가 호화로운 푸딩을 드시는데 그 곁에서 그저 물을……? 불쌍한 분이시군요. 딱하다고 해도 무방해요."

"상관 마."

디저트에 큰돈을 쓰기보단 책을 더 사고 싶은 사이토였다. 뻔뻔하게 냉수로 때울 정도의 강한 멘탈을 장착하지 않으면 서민인 사이토는 아가씨의 식도락에 어울릴 수 없었다.

"여기 줄을 설까요. 100개나 있다면 반드시 살 수 있을 겁니다."

만만하게 생각한 루이.

앞쪽 손님들은 가차 없이 한정판 푸딩을 여러 개 구매했다.

"10개 주세요."

"만 엔입니다."

"20개 주세요."

"2만 엔입니다."

무서운 속도로 팔려가는 푸딩. 그때마다 살기를 흩뿌리는 루이.

"아가씨의 푸딩에 무슨 짓을!"

"네 주인의 푸딩 아니거든!"

"아뇨, 아가씨 것입니다. 이 세계에 존재하는 음식은 모두 아가씨가 드시기 위해서 태어났습니다. 아가씨도 그렇게 말씀하셨습니다."

"시세는 세상을 다 먹을 셈인가……?"

사이토는 오싹함을 느꼈다.

줄이 진행되며 마침내 순서가 도착했다. 진열장에는 화려한 적육(赤肉) 멜론 케이크, 각종 과일이 듬뿍 담긴 슈크림 등이 진열되어 있다.

점원이 죄송하다는 듯 고개를 숙였다.

"죄송합니다. 한정 푸딩은 조금 전 손님을 마지막으로 매진입니다."

"아까 그 손님은 어디로 도망쳤죠?!"

"그러니까 살기 뿌리지 말라고!"

사냥꾼의 눈으로 바뀐 루이를 사이토가 재빨리 제지했다. 내버려 두면 지구 끝까지 손님을 쫓아 푸딩을 강탈할 기세였다.

사이토와 루이는 상점가에 있는 디저트 가게들을 샅샅이 뒤졌다.

그러나 루이가 먹었다는 한정 푸딩은 좀처럼 찾을 수 없다.

어느덧 해가 기울고 하늘이 남색으로 물들어가고 있었다. 한가롭게 거니는 행인도 줄어들며 오가는 사람들의 발걸음이 빨라졌다. 여기저기 피어난 가게의 불빛이 쌀쌀한 공기 속의 안식처처럼 흔들렸다.

"죄송합니다……. 이제 됐습니다."

루이가 한숨을 쉬었다.

"됐다니, 포기하려고?"

"아뇨. 혼자서 찾겠습니다. 사이토 님은 돌아가세요."

터벅터벅 걸어가는 루이.

고개를 푹 떨군 그녀의 모습은 그 어느 때보다 힘이 없었다. 주인에게 사과의 물건을 바치지 못한 것이 그렇게 슬픈 걸까. 이제야 해방됐으니 기쁨을 느껴야 했지만, 사이토는 순순히 기뻐할 수 없었다.

"정말……. 어쩔 수 없지. 찾을 때까지 나도 같이 어울려

줄게."

루이가 뒤돌아보았다.

"필요 없습니다. 일이 잘 풀려서 제가 아가씨에게 용서를 받는다고 하더라도 사이토 님께는 아무런 이득이 없습니다."

사이토는 머리를 긁적였다.

"이득은 없지만…… 싫거든."

"뭐가 말이죠?"

"시세와 루이 사이가 삐걱거리는 게. 시세에게 있어서 넌 단순한 사용인이 아니라 소중한 파트너니까."

"파트너……."

루이가 그 말을 곱씹듯이 되풀이했다.

"너랑 싸웠다면 시세도 즐겁게 지낼 수 없을 거야. 나는 시세가 행복하길 바라고 루이 너도 웃었으면 좋겠어."

"……."

얼굴을 돌리는 루이.

"……그런 말은 시세이 님 이외의 여자에게 하지 마세요."

"왜?"

사이토는 이상한 말을 한 건가 생각했다.

"기뻐지니까요."

루이가 사이토를 향해 미소 지었다.

평소 뻔뻔한 폭주 메이드 운전사의 보기 드문 미소는 활짝 핀 장미꽃처럼 아름다웠다. 온몸이 화사한 빛을 발하며 입술은 부드럽게 웃고 있다.

"어, 어어……."

사이토는 멈칫했다.

"역시 아가씨께는 당신이 필요합니다."

"음? 무슨 뜻이야?"

고개를 갸우뚱하는 사이토.

루이는 의문에 대답하려 하지 않고 입술에 검지를 갖다 댄 채 고민했다.

"이 상점가에는 더는 한정 푸딩은 없을 것 같네요. 사이토 님도 끝까지 어울려주시겠다고 하셨으니 일본 전역의 상가를 둘러보죠."

"일본 전역은 좀 참아줘."

"그럼 전 세계의."

"쓸데없이 범위가 넓어졌잖아. 무턱대고 찾아봐야 가망도 없을 테니까…… 어떤 푸딩이었는지 그림이라도 그려 볼래?"

"그림은 잘 못 그립니다. 개를 그리면 전병이라는 오해를 받기도 합니다."

"어떤 개를 그려야 전병이 되지?"

완전히 장르가 다르다. 생물조차 되지 못했다.

"아, 사진이라면 있습니다. 아가씨가 같은 푸딩을 드시고 있을 때 찍은 사진입니다."

루이가 에이프런 드레스 주머니에서 스마트폰을 꺼냈다.

소유자의 무기질적인 성격과는 정반대로 몹시 귀엽게 장식되어 있다. 꽃 모양의 스티커나 시세이가 프린트된 스티커 같은 것들이 마구잡이로 붙어 있다.

루이는 스마트폰 사진 앱을 열고 목록을 쭉 내렸다.

저장된 사진들은 시세이의 잠자는 얼굴, 케이크를 먹는 시세이의 모습, 목욕하는 시세이의 모습, 옷 갈아입는 속옷 차림 등 시세이로 가득했다.

"야…… 뭐야, 이 위험한 사진들은?"

"아가씨의 도촬사……가 아니라 몰래 찍은……이 아닌 스냅사진입니다."

"몇 번을 바꿔도 범죄성이 희석되지 않는데."

"범죄가 아닙니다. 이건 사랑입니다!"

"흐음, 그렇구나. 시세 발바닥만 100장 정도 찍혀 있는 것도 사랑인가?"

"물론입니다. 아가씨의 발바닥은 세계의 보물이니까요."

루이는 조금의 망설이는 기색도 없이 단언했다.

"시세에게 상의하는 편이 좋겠군……."

"아가씨에게 발설한다면 당신 집에 정체불명의 리무진이 들이닥칠 겁니다."

"보나 마나 네 리무진이겠지!"

악질적인 협박에 사이토는 포기할 수밖에 없었다. 거실에서 낮잠을 자는데 창문을 부수고 들이닥친 리무진의 운동 에너지를 들이받는다면 섬멸당할 것이다.

루이가 움직이던 손을 멈추고 사이토에게 스마트폰 화면을 내밀었다.

"찾았습니다. 이겁니다."

"어디 보자……."

사이토는 화면을 들여다보았다.

입을 크게 벌리고 푸딩을 먹는 시세이 사진. 몰래 촬영한 것인지 초점이 맞지 않고, 푸딩도 극히 일부만 찍혀 있었다.

하지만 사이토는 그 푸딩을 본 기억이 있었다.

"이건…… 두부 전문점의 두유 푸딩이군."

"디저트 매장이 아닌 건가요?!"

루이가 눈을 부릅떴다.

"그래, 게다가 이 상가 안이 아니라 조금 떨어진 길가의 가전 매장 앞에 있는 가게야. 한정이라기보단 가게 주인 아주머니가 기분 내킬 때 만드니까 운 좋을 때만 발견하는 것뿐이지만……."

"지금 바로 가죠!"

아직 말하고 있는 사이토의 옷깃 뒤쪽을 루이가 잡아채고 달리기 시작했다. 그렇게 잡으면 당장이라도 승천할지도 모르니 그만두라고 말하고 싶은 사이토였지만, 완벽하게 목이 졸려 목소리가 나오지 않았다.

두 사람이 두부 전문점에 도착하자 낡은 수레 안에 수제 두유 푸딩 세 개 정도가 진열되어 있었다. 처음 보는 손님이라면 놓칠 것 같은 수수한 외관이었다.

"찾았어요! 다행이다……."

"(내가 질식사하지 않아서)다행이다……."

가슴을 쓸어내리는 루이와 사이토.

그들은 즉시 남은 것을 전부 구입하고 리무진으로 돌아왔다.

루이가 기합이 들어간 모습으로 핸들을 잡았다. 뒷좌석의 사이토도 한눈에 알 수 있을 정도로 작열하는 투지가 넘쳐났다.

"자…… 전속력으로 가겠습니다!"

"항상 전속력이잖아! 좀 살살 가면 안 돼?!"

"평소에는 100분의 1 정도의 힘밖에 내지 않습니다! 푸딩이 무너지지 않도록 잘 들고 계세요!"

"푸딩 말고 나도 좀 걱정해줘!"

사이토의 외침은 엔진의 폭발적인 소리에 휩쓸려 사라졌다. 타이어 타는 냄새와 함께 리무진이 질주했다.

오가는 차들 사이를 뚫고 퇴근길 러시를 무효화하며 달린다. 마치 루이가 조종하는 리무진만이 물리 법칙에서도 교통법에서도 해방된 것처럼 보였다.

아니, 교통법은 지키라고! 사이토는 그렇게 외치고 싶었지만, 혀를 깨물 것 같아 푸딩 봉지를 끌어안고 입을 꾹 다물 수밖에 없었다.

리무진은 순식간에 거리를 빠져나가 시세이의 저택 앞에 도착했다.

두 사람은 차에서 내려 저택을 올려다보았다.

"난 여기서 기다리고 있을 테니까 다녀와."

"왜 제가 가죠? 가실 분은 사이토 님입니다."

루이는 그 자리에서 움직이려 하지 않았다.

"네가 건네줘야 사과가 되잖아."

"또 아가씨에게 거절당하면 저는 절망한 나머지 죽고 말 겁니다. 상상만으로도 현기증이 나서 저택에 들어갈 수조차 없습니다."

"의외로 섬세하네! 그 섬세함을 운전에도 좀 발휘해 봐!"

"저는 운전도 섬세합니다. 저 대신 빨리 공물을 아가씨께 바치고 오세요. 바치는 김에 사이토 님의 심장도 바치고 오세요."

"내 심장은 아무한테도 안 바쳐!"

"상관없잖아요! 어차피 10개 정도 있으시죠?!"

"하나밖에 없어!"

발버둥 치는 사이토를 루이가 억지로 현관 쪽으로 밀어

붙였다.

서로 엎치락뒤치락하는 두 사람 근처에서 목소리가 들려왔다.

“그거 시세 거야?”

“아가씨?!”

움찔 멈춰서는 루이.

어느새 시세이가 가까이서 두 사람을 올려다보고 있었다.

“시세에게 선물할 생각이라면 망가지기 전에 받고 싶어.”

“네, 네…….”

루이는 사이토에게서 푸딩 봉지를 건네받아 시세이에게 공손히 내밀었다.

시세이가 봉투 속을 들여다보았다.

“오~, 오늘은 3개나 있었네. 굉장해.”

“용서해…… 주시는 건가요……?”

“이제 괜찮아. 시세도 어른스럽지 못했어. 루이의 장난 정도는 월급 10년 치 삭감으로 끝냈어야 했는데.”

“감사합니다, 아가씨!”

루이는 감격하여 시세이를 끌어안았다.

“꾸욱…… 주거…….”

힘을 조절하지 못한 시세이는 거의 압사당하고 있었다.

월급 10년 치 삭감이 더 괴롭지 않을까……라고 생각한 사이토였지만, 본인들은 만족한 것 같아 그대로 놔뒀다.

의미 없어 보이는 싸움이었지만 화해할 수 있었다면 다행이다.

루이가 시세이를 끌어안은 채 사이토에게 냉담한 시선을 보냈다.

“언제까지 거기 있을 거예요? 당신에게 볼일은 이미 끝났어요. 돌아가세요.”

“이렇게까지 해줬는데?!”

경악하는 사이토.

하지만 뭐, 이 녀석은 그런 녀석이지 하고 납득했다. 주인에게 꾸중을 듣고 풀이 죽긴 했지만, 본래는 얄미운 메이드다.

루이가 리무진 운전석에 올라타더니 창문 너머로 사이토를 불렀다.

“뭐 하시는 거죠? 빨리 타세요.”

“어? 바래다주는 거야?”

“당연하죠. 당신을 여기 데려온 건 저니까요. 알아서 걸어가라니 그런 귀축 같은 짓을 할 리가 없잖아요?”

일단 귀축은 아니었구나 감탄하면서 사이토는 뒷좌석에 앉았다. 그런 부분에서 감탄해야 한다는 것도 좀 의아했지만.

아까보다는 부드럽게 리무진이 저택 앞을 달리기 시작했다. 유모차처럼 흔들리는 차 안은 무척 편안했다. 평소에는 롤러코스터 같은 운전만 하는 루이였는데, 이런 운전도 할 수 있다는 것에 사이토는 놀랐다.

차창을 흘러가는 밤의 어둠. 이윽고 거리의 빛이 섞여들기 시작하며 지상 위로 은하수가 뻗어나갔다. 점점이, 희미하게 깜박이는 빛이 사람들의 그림자를 아련하게 비추고 있었다.

루이가 혼잣말처럼 중얼거렸다.

"……정말 다행이에요. 아가씨에게 미움받으면 전 살 수 없으니까요."

"과장하긴."

사이토가 웃었다.

"과장이 아닙니다. 제가 살아갈 수 있는 건 아가씨 곁뿐입니다. 이유는 모르겠지만 모든 직장에서 해고되는 저를 아가씨만은 해고하지 않으셨습니다."

"이유는 모르겠지만……?"

그 이유는 사방에 널려 있지 않을까?

하지만 루이와 둘이서 지내보며 사이토는 시세이가 가진 아량의 깊이를 느꼈다. 이렇게 다루기 어려운 부하를 전속 메이드로 고용하고 엉뚱한 부분조차 받아들여 주는 것이다. 작은 체구와 어울리지 않게 시세이는 은근 거물일지도 모른다. 장래의 경영자를 목표로 하는 사이토로서는 본받을 점도 있어 보였다.

리무진이 사이토와 아카네의 집 앞에 도착했다.

사이토가 뒷좌석에서 내리자 운전석의 루이도 함께 내린다.

"그럼 나는 이만……."

이별을 고하려는 사이토에게 부드럽고 깨끗한 비누향이 풍겨왔다.

루이가 사이토의 몸을 살며시 껴안은 것이다. 흘러내린 긴 머리에서 마음을 두근거리게 하는 꽃향기가 풍겨왔다.

"무슨……."

굳어지는 사이토의 귓가에 루이가 부드럽게 속삭였다.

"오늘은 감사했습니다, 사이토 님."

"갑자기, 무슨 짓을……."

당황하는 사이토 뒤에서 목소리가 울려 퍼졌다.

"너희들?! 지지지지지금 뭔가 포옹하지 않았어?!"

돌아보니 아카네가 현관문을 연 채 눈을 부릅뜨고 있었다.

"네, 사이토 님께 작별의 포옹을 하고 있었습니다. 오늘은 단둘이 오랜 시간을 보냈으니까요."

"둘이서 뭐 했는데?!"

"데이트요."

"데이트?! 무슨 뜻이야?! 왜 사이토랑 메이드가 데이트를 해?!"

"오해받을 말 하지 마!"

사이토가 항의했지만, 루이는 빠르게 운전석에 올라 리무진을 출발시켰다.
달려갈 때 창문 너머로 혀를 쏙 내미는 것도 잊지 않았다.
——저 자식!
터무니없는 불씨를 선물로 두고 간 루이에게 사이토는 주먹을 불끈 쥐었다.

"즉 사이토는 메이드랑 데이트한 게 아니라 시세이 씨에게 사과하기 위한 물건을 찾고 있었다고……?"
"그렇다고 몇 번을 말해야 알아듣겠어……."
사이토가 사실을 아카네에게 알려주기까지는 상당한 시간이 소요되었다.
그동안 저녁 식사는 보류. 주방이 아카네가 만든 맛있는 음식 냄새로 가득 차 있어 완전히 고문이나 다름없었다.
"이게 오빠랑 언니의 현실 싸움이구나!"
집에 놀러 왔던 마호가 눈을 반짝이며 바라보았다.
"넌 보지만 말고 중재 좀 해!"
"그런 아까운 짓을 왜 해! 오빠와 언니의 귀중한 전투 장면인걸!"
"싸움 구경하러 왔냐!"
학교에서는 히마리가 도움의 손길을 내밀어 주는데 여기서는 나서줄 내 편이 없다.

대강의 오해를 풀고 셋이서 저녁 식사를 마친 뒤 마호는 그대로 집에 머물게 되었다.

소란스러운 것은 별로 좋아하지 않는 사이토지만, 집에 모두가 모여 떠들썩해지는 것은 의외로 불쾌하지 않았다.

집안에 웃음소리가 많으면 어쩐지 차분해진다. 마치 겨울의 추운 날 따뜻한 코타츠 안에 들어가 있는 듯한 느낌이다.

게다가 아카네와 단둘이 있는 것보다는 여러모로 마음이 편했다. 결혼 초에는 싸움만 해서 둘만 있는 공간이 힘들었는데, 최근에는 다른 방향성으로 인해 답답했다.

지금도 저녁 식사 후 거실에서 소파에 앉아 아카네와 단둘이 있으니 어느샌가 아카네가 가만히 사이토 쪽을 보고 있다.

"……뭐야?"

"……아냐, 아무것도!"

휙 시선을 돌리고는 참고서로 시선을 떨어뜨린다. 그러나 아카네는 집중이 안 되는지 참고서 너머로 사이토를 힐끔힐끔 바라보았다.

그럴 때마다 사이토는 진정이 되질 않는 기분에 몸을 뒤척였고 독서에 집중할 수 없었다. 맥박은 빨라지고 책을 든 손은 땀에 젖어갔다.

――대체 뭐냐고, 이 공기는…….

사이토는 자신의 공부방에 들어가고 싶었지만, 또 문을 접착제로 붙여버리면 곤란했기에 거실에 머물렀다.

그 후 고정된 문을 떼어내느라 애를 먹었었다. 혼자의 힘으로는 꼼짝도 하지 않았고, 괜히 집에 흠집을 냈다가 텐류에게 빚을 늘리는 것도 두려웠기에 전문 업자를 부를 수밖에 없었다.

"우리 집에서 언니 앨범 가져왔어! 같이 보자!"

마호가 앨범을 들고 거실로 뛰어 들어왔다.

재빠르게 사이토의 반대쪽으로 몸을 돌리는 아카네.

팽팽하던 긴장이 풀리자 사이토는 안도의 한숨을 내쉬었다.

"어? 뭐야, 이 공기?"

마호가 의아해하며 사이토와 아카네의 얼굴을 번갈아 바라보았다.

아카네는 얼굴을 붉히며 머뭇거렸다.

마호가 소파에 무릎을 얹고 사이토의 귓가에 입을 대고 속삭였다.

"혹시 오빠…… 내가 없는 틈에 언니랑 야한 짓 하고 있었어?"

"안 했어!"

"으음? 하지만 왠지 야한 냄새가 나는데~."

사이토의 목덜미에 코를 대고 킁킁거리는 마호. 그러는

마호가 더 수상쩍은 냄새를 풍기고 있어 사이토는 어떻게 반응해야 할지 알 수 없었다.

"마, 마호! 너무 달라붙지 마!"

아카네가 사이토에게서 마호를 떼어냈다.

"질투하지 않아도 괜찮아, 언니!"

"지지지질투 안 했어!"

"내가 제일 사랑하는 건 언니야! 오빠는 두 번째! 흔히 말하는 세컨드라는 거지!"

"누가 세컨드야."

사이토가 눈썹을 꿈틀거렸다.

마호가 아카네를 향해 쪼그리고 앉았다.

"언니한테서도 엄~청 야한 냄새가 나! 어디서지? 여기서 나는 건가?"

"자, 잠깐, 그만하라니까."

가슴이나 뺨에 코를 비벼도 아카네는 마호를 떼어내지 않았다. 무심코 동생의 어리광을 받아주고 마는 것은 사이토와 똑같았다.

"마호, 앨범 본다며? 일부러 집에서 가져왔잖아."

"그랬지, 참!"

아카네가 타이르는 말에 마호는 언니와의 장난을 멈추고 소파에 다시 앉았다. 앨범을 열고 아카네에게 어깨를 기댄 채 사진을 구경한다. 사이좋은 자매의 단란함은 무척 보기 좋았다.
 이쪽에서 사진은 보이지 않았지만, 사이토는 딱히 보고 싶은 것도 아니었기에 독서로 돌아갔다.
 우아한 독서와 함께 쉐이커에 들어간 단백질을 홀짝였다. 오늘의 단백질은 덩어리가 생기지도 않고 균일하게 잘 섞여서 만족스러웠다. 역시 단백질 경력 10년의 프로는 다르다. 그런 식으로 자화자찬을 하고 있는데.
 "짜잔♪. 언니 누드 사진!"
 "컥?!"
 갑자기 마호가 앨범의 사진을 눈앞에 들이밀어 마시던 것이 목에 걸리고 말았다. 단백질로 누드 사진을 더럽히는 참사는 면했으나 눈에서 단백질이 튀어나올 것 같았다.
 다만 누드라고 해도 아기 때의 사진이었다. 치켜올라간 눈가에 아주 약간 지금의 아카네 모습이 있었다…… 아마.
 "꺄아아아아악!"
 아카네가 마호에게 달려들었다. 익숙한 모습으로 여동생을 잡아채고는 퍽 내리누르듯이 앨범을 닫았다.
 "무슨 사진을 보여주는 거야?!"
 "에이, 뭐 어때♪. 아기인데."
 "몸매가 안 예뻐서 부끄럽잖아!"
 "몸매가 예쁘면 오빠한테 나체를 보여줄 수 있다는 거야?"
 "그, 그건 아니지만!"

서로 앨범을 손에 넣기 위해 옥신각신하는 자매.

사이토는 요동치는 맥박을 가라앉히기 위해 가슴을 누르고 심호흡을 했다.

"뭐, 언니가 그렇게 싫다면 언니가 허락한 것만 보여줄게. 유치원 때 거라면 괜찮지?"

"그거라면…… 뭐."

마지못해 고개를 끄덕이는 아카네.

앨범을 펼치는 마호 옆에서 주먹을 불끈 쥐고 언제든지 전투태세에 임할 수 있도록 대기하고 있다. 경계심은 맥스였다.

"난 굳이 억지로 안 봐도 되는데……."

"어째서?! 당장 봐!"

"어어……?"

당황하는 사이토. 보이고 싶지 않은 것인지 봐줬으면 하는 것인지 도무지 알 수 없었다.

마호는 한껏 들떠서 다리를 팔랑이며 앨범을 넘겨나갔다.

"언니랑 나는 유치원도 똑같았어~. 형님반은 3시 간식밖에 없는데 동생반은 10시에도 간식이 있어서 훨씬 이득이었지~. 뭐, 난 유치원에 거의 못 갔지만!"

아무렇지도 않게 슬픈 말을 하는 마호.

유치원 때 재롱잔치 사진과 할머니를 포함한 가족들의 꽃놀이 사진, 집에서 전골을 둘러싸고 앉은 가족사진 등

훈훈한 사진들이 많이 있었다.

어린 시절부터 아카네는 날카롭고 건방진 표정이었지만, 가족들에게 둘러싸여 있을 때의 표정만큼은 약간 부드러웠다.

대부분의 가족사진에는 오른쪽 상단에 마호가 프린트된 스티커가 붙어 있었다. 윙크와 함께 브이 사인을 하거나 양쪽 뺨에 검지를 붙이고 있는 등 기운 넘치는 모습이었다.

"이 프린트된 스티커는 뭐야?"

"아, 이거? 나 옛날에는 누워서 지내느라 단체 사진에서 빠진 경우가 많았거든. 나 혼자만 빠지면 쓸쓸하니까 나중에 프린트 스티커를 붙인 거야!"

"그게 더 안타깝지 않나?"

졸업 사진에서 잘라 붙인 학생이나 다름없었다.

"안타깝지 않아. 같이 있을 수 있다면 뭐든 좋아!"

"나이도 안 맞잖아. 아카네는 유치원생인데 넌 세라복이고."

"오빠는 세심하구나~. 가족의 사랑은 시간을 초월한다고! 알지?"

"전혀 모르겠어."

"불쌍한 오빠. 내가 오빠한테 사랑을 알려줄게!"

우우~ 하고 마호가 사이토에게 입술을 가져갔다.

마호의 뒤쪽 옷깃을 움켜쥔 아카네가 저승사자 같은 형상으로 선고했다.
"사이토에게 사랑 따윈…… 필요 없어……."
"언니, 너무하지 않아?! 오빠도 사랑받고 싶잖아! 그치?"
동글동글한 눈동자로 마호가 사이토의 얼굴을 들여다보았다.
"아니, 전혀. 그것보다 나는 독서를 하고 싶어."
"좋아! 다 같이 앨범 이어서 보자~!"
"나는 독서를 하고 싶다고 말했잖아! 못 들었어?!"
"잘 들었어! 들었지만 무시한 거야!"
"더 질이 나빠!"
사이토는 자신의 인권이 보호되는 세계로의 이주를 고려했다. 아카네와 시세이도 그렇지만 자신과 엮인 소녀들은 안하무인격인 녀석들이 너무 많았다.
마호는 즐거운 얼굴로 앨범 페이지를 넘겼다.
"아, 언니 초등학교 입학식 때다. 초등학교 때 언니는 머리도 길고 엄청 어른스러운 외모였어~."
아카네가 흠칫 놀라 앨범을 손으로 가렸다.
"초등학교 때 사진은 안 돼! 수영복 사진이 있으니까!"
"그러니까 좋은 거지~♪."
"어디가?!"
"오빠도 초등학생 때 언니 수영복 보고 싶지?"

갑자기 질문이 날아와 사이토는 말문이 막혔다.
전혀 관심이 없다고 하면 거짓말이다. 긴 머리에 어른스러운 아카네 따위는 상상조차 할 수 없었기에 어떤 느낌일지 궁금했다. 얼마 전 수영장에 갔을 때의 수영복 차림도 반칙적일 정도로 귀여웠으니 초등학교 시절의 아카네도 귀엽겠지.
하지만.
"사, 사이토는…… 보고 싶어……?"
아카네가 떨면서 물어온다.
붉게 물든 얼굴은 분노했다는 증거. 조금이라도 사악한 마음을 내비친다면 사이토는 이 행성에서 확실하게 소멸할 것이다.
"보고 싶지 않아! 조금도 보고 싶지 않아! 볼 바에야 차라리 내 안구를 도려내겠어!"
사이토는 호기심보다 목숨을 우선시했다.
최고의 선택이었을 텐데 아카네가 어깨를 치켜세우며 분노했다.
"무례해! 조금은 보고 싶다고 말해!"
"어째서?!"
여자의 마음은 어렵다. 도대체 어떻게 대답해야 우리 집의 평화가 지켜질 수 있을까?
"하여간~ 오빠는 구제불능 동정이라니까~. 그렇다면

언니 수영복은 나 혼자 감상하고 올게!"
"잠깐, 마호?!"
아카네가 채 말리기도 전에 마호는 앨범을 들고 거실을 달려갔다. 우히히, 하는 미소녀답지 않은 웃음소리도 흘러나왔다.
"지나치게 자유분방한 여동생이네……."
"맞아……."
남겨진 사이토와 아카네는 얼굴을 마주 보며 쓴웃음을 지었다.
폭풍 같은 마호에게 휘둘리는 것은 힘들다. 하지만 덕분에 두 사람 사이의 답답한 공기는 사라졌으니 감사한 점도 있었다.
"나…… 사이토의 앨범도 보고 싶어."
"내 앨범은 없어."
"어, 왜?"
아카네가 눈을 크게 떴다.
"우리 부모는 내 사진을 찍은 적이 없으니까."
"어째서……?"
"그야 찍을 필요가 없으니까."
"……."
침묵하는 아카네. 탁자를 물끄러미 바라보며 입술을 깨물었다.

그녀의 표정이 흐려진 이유는 알 수 없었으나, 또 갑자기 공기가 불편해져서 사이토는 당황했다.

어떻게든 아카네의 기분을 누그러뜨리려 필사적으로 말을 이었다.

“사진 같은 건 그냥 데이터야. 내 기억력은 뛰어나니까 사진이 없어도 다 기억할 수 있어. 애초에 거지 같은 과거 따위는 굳이 기억할 필요도 없고…….”

“사이토!”

아카네가 소리쳤다.

“왜, 왜?”

주춤거리는 사이토 쪽으로 아카네가 몸을 내밀더니 진지한 얼굴로 그를 올려다보았다.

“사진이 없다면 앞으로 같이 많이 찍었으면 좋겠어. 우리, 싫어도 앞으로 계속 함께 지내야 하니까. 여러 곳에 많이 가서, 다양한 경치를 보고, 둘이서 사진 많이 찍자.”

“아, 으응…….”

사이토는 어리둥절하면서도 고개를 끄덕였다.

학교 남자 화장실에서 사이토는 거울과 서로 대치하고 있었다.

젖은 손으로 머리를 다듬거나 허리에 손을 얹고 포즈를 취하거나 턱에 손가락을 얹고 결연한 얼굴을 만들어 보기도 했다.

하지만 좀처럼 납득할 만한 완성도가 나오지 않았다. 집에서 시험해 보면 아카네가 이상하게 여길 것 같으니 학교에 있는 동안에 완성도를 높여 두고 싶었다.

"포즈 책이라도 읽어봐야 하나……?"

사이토가 고심하며 이런저런 표정을 짓고 있는데 시세이가 질문했다.

"오빠, 모델이 되려고?"

사이토가 움찔했다.

"시세?! 여기 남자 화장실인데?!"

"그런데?"

시세이가 고개를 갸우뚱했다.

"그런데? 라니?! 여자 화장실은 옆이야!"

"그런 건 알아. 시세는 박식해."

가슴을 펴는 시세이.

"알고 들어온 거면 더 위험하지!"

"위험하지 않아. 왜냐하면 시세는 시세가 가고 싶은 곳으로 가고, 시세가 하고 싶은 일을 하니까. 그 길을 막을 사람은 없어."

"아아…… 그렇구나……."

이 완벽한 공주의 어리광을 받아주지 않는 인간은 본 적이 없으니 아마 확실히 맞는 말일 것이다. 사이토도 그렇고,

일족의 독재자인 텐류조차 시세이에겐 한없이 약했다.

그렇긴 해도 화장실에 들어가려던 남자들이 시세이의 존재에 부끄러워하며 복도로 도망치는 것이 불쌍했다.

사이토는 시세이의 목덜미를 잡고 남자 화장실 밖으로 나갔다. 시세이는 어미 고양이에게 옮겨지는 새끼 고양이처럼 흔들흔들 매달린 채로 싫어하는 내색도 하지 않는다.

"오빠, 모델이 되려고? 그럼 시세는 매니저 할게."

사이토는 시세이를 복도 바닥에 내려주었다.

"모델 같은 걸 할 리가 없잖아. 아카네가 내 사진을 찍는다고 하기에 포즈 연습을 하고 있었을 뿐이야."

"아카네가 오빠의 해부 사진을?"

"무서운 소리 하지 마. 평범하게 살아있을 때의 사진이겠지. 아마…… 분명…… 그럴 거야……."

조금씩 자신감이 사라졌다.

어쩌면 오늘 집에 돌아가자마자 해부되는 건 아닐까? 의대 진학을 위한 교재로 이용될지도 모른다는 의혹이 빠르게 피어올랐다.

"왜 찍는데?"

"내가 내 앨범이 없다고 얘기했더니, 아카네가 같이 많이 찍자고 하더라고."

"겨우 그 정도로 포즈 연습까지 하다니, 호들갑이야."

"호들갑 떤 적 없어! 공적인 기록으로 남는 이상 호조 가문의 차기 당주가 어설픈 얼굴로 찍힐 수는 없잖아."

시세이가 게처럼 양손으로 브이자를 만들었다.

"괜찮아. 안심하고 알몸으로 웃으면서 물구나무로 찍으면 돼."

"안심할 수 있겠냐! 거대한 스캔들이 되겠지!"

단 한 장의 사진으로 전 세계를 적으로 돌리는 것은 리스크가 막대했다.

사이토는 뺨을 손가락으로 긁적였다.

"뭐…… 난 딱히 사진 같은 건 필요 없지만…… 과거 영상 데이터를 굳이 저장해두려는 합리적인 이유를 모르겠어. 범죄의 증거 정도밖에 안 되고, 개인의 얼굴에는 학술적인 이용 가치도 없는데."

시세이가 물끄러미 사이토를 올려다보았다.

"하지만 오빠는 기뻐 보여."

"기쁘지는 않아. 아카네가 하고 싶다면 하게 해줄까, 정도로 생각하는 것뿐이야. 거부했다가 전쟁이 일어나도 곤란하니까."

"……정말?"

"정말."

"정말, 정말, 정말?"

복도를 걷는 사이토 주위를 시세이가 쫄래쫄래 돌아다니며 달라붙었다. 앞에서, 옆에서, 뒤에서, 온갖 방향에서 물어온다.
"정말이라니까."
그렇게까지 끈질기게 물어오니 볼이 화끈해지는 사이토.
시세이의 어깨를 양손으로 잡아두고 은근슬쩍 화제를 돌렸다.
"우리 집 이외의 관습은 잘 모르겠지만, 시세는 앨범 갖고 있어?"
"갖고 있어. 200권 정도."
"많지 않아?! 보통 그렇게 많아?!"
시세이가 무겁게 고개를 끄덕였다.
"그게 상식이야. 오빠는 좀 더 세상에 대해 아는 편이 좋겠어."
"큭……."
길바닥에 있는 돌멩이 취급을 받은 사이토는 굴욕감을 느꼈다.
그리고 소설이나 영화에서 본 세상의 정보를 바탕으로 추리를 해 나갔다.
"아니…… 하지만…… 일반 서민 가정에 200권의 앨범을 둘 공간은 없을 텐데……."
"시세의 앨범은 엄마 회사 안에 있는 『시세이 미술관』에 전시돼 있어."
"뭐야, 그 딸 바보를 형상화한 듯한 미술관은……."

시세이가 손꼽아 열거했다.

"시세의 사진, 조각상, 유화, 벽화, 피규어, 스노우돔, 하바리움, 성장 기록 영상, 스토리 기반 대작 영화 등이 보존된 미술관. 평소 MVP를 받은 직원에게만 포상으로 열람이 허용되지만, 회사 창업제 땐 전 직원에게 개방돼."

"네가 무슨 교주냐?"

"사내 표창식에서는 시세가 성적이 좋은 직원에게 표창장을 건네면 직원들은 바닥에 무릎을 꿇고 울면서 기뻐해."

"여왕 폐하냐!"

말은 그렇게 했지만, 시세이의 카리스마는 평소에 익히 봐서 알고 있었기에, 그런 광경도 쉽게 상상할 수 있다는 것이 무서웠다.

어쩌면 고모인 레이코는 자신이 소유한 회사의 세대교체를 원활하게 진행하기 위해 미리 시세이다운 방식으로 사원들의 충성심을 모으고 있는 것일지도 모른다. 단순히 귀여운 딸을 자랑하고 싶었을 가능성이 가장 높겠지만.

시세이가 사이토의 얼굴을 들여다보았다.

"오빠는 사진을 싫어하는 줄 알았어. 나서서 찍는 일도 거의 없고 단체 사진에도 거의 끼려고 하지 않으니까."

"필요성을 느끼지 못할 뿐이지, 싫어하는 건 아니야."

"……."

침묵하는 시세이.

"왜 그래?"

"아무것도 아냐. 연산과 다른 결과가 나와서 당황한 것뿐이야."

두 사람은 손을 잡고 교실로 돌아갔다.

닦은 흔적이 남은 창문 너머로 쏟아지는 햇살은 서늘하고, 실내화의 고무가 바닥에 스치는 소리가 울려 퍼졌다. 종소리가 울리기 직전의 교실에서는 학생들이 떠드는 목소리가 들려왔다.

"……그럼 더 찍어두면 좋았을걸."

시세이가 조그맣게 중얼거렸다.

시세이 저택의 식당. 돌로 된 벽난로 위에는 시세이의 초상화가 장식되어 있고, 진열된 여러 개의 창문은 드레이프 커튼으로 장식되어 있었다.

새하얀 천장에는 샹들리에가 빛나며 앤티크한 긴 테이블을 비추고 있었다. 긴 테이블과 마찬가지로 의자도 시대가 느껴졌다. 제작 시기는 18세기. 골동품 상인도 세트가 아니면 절대 팔지 않겠다던 고집스러운 타입이었다고 한다.

테이블 주위에 있는 것은 시세이, 어머니 레이코, 아버지 미하일 세 사람. 테이블 위에는 전속 셰프의 요리가 놓여 있다.

미하일이 칼로 필레 스테이크를 자르며 말했다.

"오랜만에 온 가족이 식사를 할 수 있어서 기쁘구나. 시세이가 사이토 집에만 가 있으면 레이코가 쓸쓸해해서 보기 안타까웠는데."

레이코가 쓴웃음을 지었다.

"난 상관없어. 시세이만 즐거우면 그걸로 됐지."

"시세는 즐거워. 하지만 아빠랑 엄마랑 밥을 먹는 것도 즐거워."

차례차례 음식을 먹어 치우는 시세이의 모습에 메이드들이 서둘러 새 접시를 날라왔다. 이 저택 메이드에게 원활한 서빙은 필수 기술이었다.

"사이토가 여기로 오면 모든 일이 해결되겠지만. 시세이도 기쁘고 레이코도 기쁘고. 두 사람의 웃는 얼굴을 볼 수 있으니 나도 기쁘지."

레이코가 얼굴을 찌푸렸다.

"그 소꿉놀이 부부는 언제까지 동거를 계속하려는 거지? 처음에는 일주일도 못 버틸 거라 생각했는데."

"뭐, 슬슬 무너지지 않겠어? 성격도 정반대라 늘 으르렁대기 바쁘다며? 서로 사랑하는 우리들과는 다르게 말이야."

미하일이 레이코에게 윙크했다.

"정말…… 미하일 당신도 참……."

뺨을 물들이는 레이코.

몇 살이 되어도 시세이의 부모는 연인처럼 다정했다. 겉

모습도 20대 이후로 변하질 않아 젊은 사람처럼 꽁냥대는 모습도 그림이 됐다.

"오빠와 아카네는 의외로 잘 지내고 있어."

"잘……?"

레이코가 고운 미간을 찌푸렸다.

"전장 속에서 두 사람은 서로 양보하는 걸 배웠어. 원래 성격이 너무 동떨어져 있어서 고생하긴 했지만 그건 서로를 향해 걸어가야 할 거리가 멀었을 뿐. 걷지 못하는 건 아냐."

"처음부터 거리가 가까운 상대와 함께 있는 쪽이 편하겠지. 사이토 군이 당주의 임무를 훌륭하게 완수하기 위해서라도 다루기 힘든 여자보단 지지해 주는 아이가 더 좋을 거야."

"아빠와 엄마는 처음부터 거리가 가까웠어?"

시세이가 묻자 미하일은 웃었다.

"아니, 그렇진 않아. 레이코는 옛날부터 여왕이었고 나도 당시에는 쓸데없이 자존심이 강했으니까. 여자가 시키는 대로 순순히 하기 싫어서 대든 적도 많았지. 하지만 그런 나도 레이코에게 순조롭게 조교당하……."

"잠깐, 미하일!"

레이코가 얼굴을 붉히며 테이블을 두드렸다.

"왜 그래, 레이코?"

"그런 건 애 앞에서 할 이야기가 아니잖아."

미하일이 장난스럽게 손을 저었다.

"아니지, 사랑하는 딸인 만큼 우리 사랑의 역사도 알아둘 필요가 있어."

"부모로서의 위엄이라는 것도 있어!"

"내 위엄은 레이코에게 바쳤어."

투닥투닥 말다툼을 벌이는 부모님을 개의치 않고 시세이는 태연한 얼굴로 참돔 파이 구이를 먹었다. 꽁냥거리는 부모님을 일일이 상대하다 보면 배가 고파서 죽고 말 것이다.

"하지만 아무리 양보한다 해도 무의미한 양보야. 사이토 군과 그 아이에게는 애초에 연애 감정이 없다고. 부부로서 필수적인 게 빠져 있어."

"호조 가문은 그런 일족이라는 게 시세의 생각. 할아버지도 결국은 정략 상대와 결혼했어."

"그건 오래된 시절 일이었으니까. 난 내가 좋아하는 사람과 결혼했고 내 형제도 똑같아. 사이토 군은 행복해질 권리가 있어."

"적어도 아카네는 오빠에게 호감을 갖고 있어."

"……뭐라고?"

"처음부터 아카네는 본인도 모른 채로 오빠를 좋아했어. 계속 자신을 속이고 있었지만 이제야 본인의 진심을 깨달았고. 오빠를 사랑하는 사람이라면 오빠를 행복하게 해줄 수 있어."

"사이토 군은 괜찮을지도 모르지만……."

레이코는 시세이를 응시하며 물었다.

"……너는 그래도 후회하지 않겠니?"

점심시간의 안뜰 벤치는 이제 거의 사이토와 시세이의 지정석이 되어 있었다.

오늘도 사이토는 독서, 시세이는 식후 간식을 즐기고 있는데 히마리가 찾아왔다.

"하아……. 하~아……."

사이토의 왼쪽 옆에 걸터앉더니 연신 한숨을 푹푹 내쉰다. 그러면서 사이토 쪽을 힐끔힐끔 쳐다본다. 다른 학생이 그랬다면 그저 성가신 행동이었겠지만 히마리가 하면 귀엽다는 것이 문제였다.

"……한가해?"

무시할 수도 없던 사이토는 결국 독서를 중단하고 말을 걸었다.

히마리가 눈을 반짝이며 몸을 내밀었다.

"맞아! 정말 한가해! 어떻게 알았어?!"

"그렇게나 한숨을 쉬어대니까……. 점심시간에 아카네랑 같이 안 있다니 별일이네."

"왠지 요즘 아카네가 바빠 보여. 나랑 잘 안 놀아줘."

또 공부에만 매달려 있는 것일까, 사이토는 생각했다.

딱히 정기 시험이 임박한 것도 아닌데.
히마리가 어리광을 부리듯 말했다.
"저기, 사이토 군이 놀아줘."
"왜 내가……."
"아내인 아카네가 놀아주지 않으니, 내가 외로운 건 남편인 사이토의 책임이잖아?"
"아니, 그건 좀 이상한데."
"내가 이상해진 건 사이토 군 탓이니까 책임져 줄 거지?"
"의미를 모르겠어!"
사이토에게 찰싹 달라붙는 히마리. 부드러운 어깨의 닿는 감촉이 사이토의 의식을 잠식했다. 이전보다 히마리의 태도가 거침없다고 느껴지는 것은 사이토의 기분 탓일까.
그런 두 사람 사이를 비집고 들어가 벌리듯이 시세이가 벤치에 앉았다. 지나치게 억지스럽게 끼어들어 몸도 뺨도 찌그러지고 있다. 스스로 압사의 길을 택하는 맹자의 얼굴이다.
"시, 시세이? 왜 그래?"
"앉을 자리가 필요해."
"이쪽 완전히 비어 있는데?"
히마리가 어리둥절한 얼굴로 사이토의 오른쪽 옆을 가리켰다
"언제든지 오빠의 심장을 노릴 수 있는 위치에 앉고 싶어."

"너…… 설마 내 심장을……?"

"먹고 싶은 건 아니니까 믿어도 돼."

시세이가 침을 흘렸다.

"전혀 믿을 만한 요소가 없잖아!"

사이토는 손바닥으로 가슴을 가리고 휙 물러났다. 소중한 여동생이긴 하지만 그건 그거고, 포식자에겐 최대한의 경계를 가지고 임해야 했다.

시세이가 보란 듯이 한숨을 내쉬었다.

"후우…… 하아…… 시세한테도 고민이 있어."

"나라도 괜찮으면 들어줄게?"

성격 좋게 그녀의 말을 받아주는 히마리.

"요즘 누군가가 계속 따라오고 있는 느낌이 들어."

"스토커라는 거야?! 경찰에는 얘기했어?"

"배고파. 오빠, 간식."

시세이가 사이토에게 손을 내밀었다

"아니, 아직 갖고 있잖아. 그 손에 든 카스테라는 뭔데."

"갖고 있지만, 더 갖고 싶어. 인간의 욕망은 무한대."

"어, 지금 그걸로 끝이야?! 스토커 이야기는?!"

히마리가 당황했다.

"말하니까 후련해졌어. 스토커 같은 건 늘 있는 일이니까 괜찮아."

"안 괜찮아! 유괴당하면 어쩌려고?!"

"놀라겠지."
"물론 놀라기도 하겠지만! 거기서 안 끝나잖아?!"
시세이는 턱에 손가락을 대고 명탐정처럼 추리했다.
"밥을 얻어먹을 수 있을지도 모른다……라는 뜻?"
"그런 유괴범은 없어! 식빵 정도밖에 못 먹을걸!"
"그건 곤란해."
"곤란하지?"
마침내 의견 일치에 다다른 시세이와 히마리. 외계인과의 의사소통은 힘들다.
시세이가 벤치 위에 서서 하늘을 당당히 가리켰다.
"히마리가 그렇게까지 말한다면 어쩔 수 없지. 이제부터 스토커 포획 대작전을 개시하겠다."
"와아~."
짝짝, 하고 히마리가 손뼉을 쳤다.
"잡는 건 나도 찬성이지만…… CCTV라도 설치하려고?"
"CCTV 같은 시대착오적인 물건은 사용하지 않아. 시세가 발명한 최신 기술을 사용할 거야."
"뭔데?!"
"기대해도 돼. 이 기술만 있다면…… 인류의 역사는 바뀌어."
"인류의…… 역사가……?"
사이토가 꿀꺽 침을 삼켰다.

"이게…… 시세이의 발명품이야?!"

히마리가 눈을 동그랗게 떴다.

그들의 앞쪽 땅에 설치되어 있는 것은 시세이가 직접 만든 함정. 거꾸로 된 큰 바구니를 나무 막대기로 받쳐두고 막대기 끝에 끈을 묶은 것이다. 바구니 밑에 사냥감이 들어갔을 때 끈을 당기면 바구니 떨어지며 사냥감을 잡을 수 있는 방식이다.

시세이가 가슴을 폈다.

"고안하는데 백 년의 세월이 걸렸어."

"백 년이나?! 굉장하다, 시세이!"

"아니, 히마리 너도 조금은 의심해! 누가 봐도 원시적인 함정이잖아!"

사이토는 지적하지 않을 수 없었다.

"남을 의심하는 건 나쁜 거야."

"그래, 사이토 군! 시세이는 열심히 했잖아?!"

"그게 무슨……."

왜 사이토만 나쁜 사람이 된 것인지 이해할 수 없었다.

시세이가 바구니 아래에 자신의 사진을 두었다. 그곳으로 유도되도록 바구니 밖에도 사진을 차례차례 내려두었다. 교복 사진이나 드레스 사진, 체육복 사진 등 종류도 다양했다.

"미끼는 시세의 사진. 스토커가 유인당하면 시세가 바구니를 떨어뜨릴 거야."

"아무리 그래도 누가 그런 함정에 걸리겠어……."

트랩이 너무 적나라했다.

"인류는 어리석어. 틀렸다는 것을 알면서도 욕망에 저항할 수 없어."

"너는 인류를 너무 얕봤어."

참새 같은 걸로 착각하고 있는 게 아닐까?

"이제 숨어서 기다리기만 하면 돼."

"지구전인가……!"

시세이와 히마리가 수풀 속으로 기어들어갔다.

무의미한 시간이 될 것을 알고 있으면서도 사이토는 어쩔 수 없이 두 사람에게 어울려주었다. 함께 땅바닥에 웅크리고 몸을 맞대고 숨을 죽였다.

속삭이는 히마리.

"스토커는 어떤 사람일까……. 위험한 사람이 아니었으면 좋겠는데."

"스토커라는 시점에서 이미 위험해."

"상냥한 사람일 수도 있는데?"

"상냥한 스토커는 뭔데."

시세이는 자신감에 넘쳐 추리를 선보였다.

"시세는 알고 있어. 분명 스토커는 전신에 털이 숭숭 나고 외형은 거의 고릴라. 태어나서 한 번도 목욕하지 않은 탓에 대자연과 일체화가 시작된 타입."

"그런 게 교내에 있다면 당장 신고해야지!"

그런 대화를 나누고 있을 때 함정 쪽에서 소리가 났다.

"헉?!"

세 사람 사이에 감도는 긴장감.

시세이가 곧바로 끈을 당겼다.

"흐앗?!"

떨어진 바구니 틈새로 새된 비명이 울려 퍼졌다.

시세이가 성공을 기뻐하며 주먹을 꽉 쥐었다.

"왔다, 고릴라. 오늘 저녁은 고릴라 전골로 할래."

"고릴라도 먹을 수 있어?!"

"살아 있는 모든 건 동등하게 먹을 수 있어. 특히 고릴라는 어디에도 잘 어울려."

"그렇구나! 크레이프 같은 것도?"

"크레이프의 본고장 브르타뉴에서는 고릴라 크레이프가 인기."

"시세이는 박식하구나!"

"그러니까 믿지 말래도. 적당히 말하는 거야."

사이토 일행이 덤불에서 기어 나와 바구니 함정에 접근했다.

바구니 사이에서 사냥감이 경계하는 소리가 들려왔다.

손에 땀을 쥐는 히마리.

"이게…… 고릴라의 울음소리?! 나 처음 들어봐!"

"조심해. 언제 눈에서 빔을 쏠지 몰라."

"일단 고릴라 울음소리도 아니고 고릴라는 빔을 쏘지도 않아!"

애초에 고릴라치고는 비명이 날카롭다.

의외로 무거운 바구니를 사이토가 천천히 들어 올렸다.

안에서 서서히 드러난 것은…….

"으무! 으무으무으무으무!"

시세이 사진을 몇 장이나 손에 들고 입에는 수영복 사진을 물고 있는 마호였다. 갑작스러운 포획에 겁을 먹었는지 어깨를 곤두세우며 위협하고 있다.

시세이가 허리에 손을 얹고 기세등등하게 말했다.

"역시…… 고릴라!"

"마호인데?!"

"틀림없어…… 이 불길한 아우라…… 이 무시무시한 냄새…… 완전히 고릴라."

"고릴라한테 불길한 아우라는 없잖아?"

"이런 미소녀를 잡아놓고 고릴라라니 너무해, 시짱!"

마호가 달려들었지만, 시세이가 휙 피했다. 마호의 열정적인 애정 표현에 대한 반응도 이제는 익숙해졌다.

"시세이의 스토커가 마호였다는 거야?"

"맞아. 이제부터 사쿠라모리 마호를 처형한다."

시세이가 고양이 깃털을 들고 마호에게 바짝 다가갔다.

"뭔가 야해 보이는 처형이라 기쁘긴 하지만 아니야! 난 시짱을 스토킹한 적 없어!"

"그 손에 들린 사진이 피할 수 없는 증거야."

"앗."

화들짝 놀라는 마호. 황급히 사진을 뒤로 숨겼다.

"이, 이건…… 아니야! 복사해서 방안에 붙여두자고 생각한 것뿐이야!"

"유죄."

"유죄네."

"의도가 완벽하게 스토커랑 똑같네."

"만장일치?! 상소! 상소!"

"기각."

시세이의 판결은 흔들리지 않았다. 양손에 들린 고양이 장난감이 정신없이 흔들려댔다.

"정말 아니래도! 시짱의 뒤를 따라다녔던 사람은 또 있었단 말이야!"

"누구야?"

범인을 물어보는 히마리.

"얼굴까지는 보지 못했지만…… 5천 명 정도는 있었어!"

"그 정도 규모면 눈치챘겠지!"

대군이나 다름없는 규모였다.

"아, 미안, 미안. 좀 과장했다. 한 500명 정도?"

"아직도 과장 같은데?"

"뭐 어때, 세세한 건 됐어. 나도 진범 잡는 거 도와줄 테니까. 그럼 믿어줄 수 있겠지? 그치? 그치?"

마호가 시세이를 끌어안고 부탁했다. 그저 한결같이 뺨을 비비대는 것은 남에게 부탁하는 태도가 아니었다.

"그럼 시험 삼아 써볼게. 탐정 일은 힘든데, 따라올 수 있겠어?"

"응! 나 단팥빵 사 오는 일 할래!"

"어느새 탐정이 된 거야……."

사이토는 급격한 상황 변화를 따라가지 못했다.

"마호는 물건을 사 오는 게 아니라 범인을 잡는 역할을 맡아줬으면 좋겠어. 이…… 최첨단 포획 용품을 사용해."

그렇게 말하면서 시세이가 천천히 내민 것은 벌레잡이 그물채였다.

"최첨단이라곤 한 톨도 없네!"

마호가 당당하게 벌레잡이 그물채를 치켜들었다.

"고마워, 시짱! 나…… 열심히 범인을 잡을게! 비록 상대가 총을 가지고 있더라도 이 벌레잡이 그물채 하나로!"

시세이가 마호의 손을 움켜쥐었다.

"맡길게. 마호라면 이길 수 있어."

"이길 수…… 있을까……?"
사이토는 불안함밖에 들지 않았다.

사이토와 시세이, 그리고 히마리 세 사람이 소소한 잡담을 나누며 교정을 걷고 있었다.
그러나 그것은 위장이었다. 세 사람에게서 떨어진 곳에는 마호가 숨어 스토커를 발견하면 즉시 벌레잡이 그물채로 잡을 수 있도록 태세를 갖추고 있었다.
애초에 스토커는 벌레잡이 그물채로 잡을 수 있는 건가? 크기가 완전히 다르지 않나? 위험한 사람이라면 반항하면서 덤벼들지 않을까?
사이토는 불안으로 가득했으나 마호는 의욕에 넘쳐 있었다.
"새로운 스토커를 잡으면 벌레통에 넣을래."
주먹을 불끈 쥐는 시세이.
"스토커가 벌레통에 들어가?!"
놀라는 히마리.
"들어가. 그 정도로 왜소한 존재."
"그렇구나! 먹이는 뭘로 하면 좋을까?"
"야키소바랑 카레랑 라멘이랑 비스크수프랑 아로스티치니."
"아로스티치니 맛있지!"

히마리나 시세이도 의욕에 넘치는 상태라 사이토만 반대한다 해도 말릴 방법이 없었다.

——여기선 실제로 겪어보게 해서 벌레잡이 그물채의 무력함을 깨닫게 해 주는 수밖에 없겠군……. 백문이 불여일견이다.

사이토가 그런 생각을 하고 있을 때였다.

"잡았다~♪."

뒤에서 마호의 즐거운 목소리가 울려 퍼졌다.

뒤돌아보자 마호가 내려친 벌레잡이 그물채에 누군가의 얼굴이 들어 있었다.

촘촘한 그물에 덮여 있어 얼굴은 보이지 않았지만, 복장은 니트 상의에 타이트한 스커트. 학생이 아니라 어른이다. 도망치려고 필사적으로 발버둥 치고 있다. 그리고 하반신은 쓰레기통에 처박혀 있다. 의미 모를 상황이었다.

"역시 마호!"

"훌륭해."

"에헤헤♪ 더 칭찬해줘! 칭찬해줘!"

자랑스러워하는 마호에게 히마리와 시세이가 다가갔다.

——거짓말……? 그런 바보가 세상에 실재한다고……?

설마 벌레잡이 그물채로 사람이 잡힐 줄은 몰랐던 사이토는 자신의 눈을 의심했다.

게다가 그물 속에서 나타난 사람은 미술 선생님이었다.

"아니에요! 전 결코 학생을 미행하고 있었던 게 아니에요! 새로 그릴 그림의 착상이 필요해서 잠깐 호조 씨를 보고 있었던 것뿐입니다!"

마호가 미술 선생님에게 얼굴을 가까이하고 씨익 웃었다.

"정말~? 그럼 왜 쓰레기통에 숨어있었어~?"

"거기 쓰레기통이 있었기 때문이에요!"

"'거기에 산이 있으니까'도 아니고……."

어이없어하는 사이토. 쓰레기통이 있으면 들어가고 싶어지는 교사라니 세상도 말세였다.

"시짱, 테스트해봐."

"음."

시세이가 미술 여교사를 끌어안았다.

순간 교사의 형상이 바뀌었다.

"시세이니이이이이이이이임! 귀여워요오오오오오오오! 아름다워요오오오오오오오!"

이성을 잃고 시세이에게 덤벼들더니 안아 들고 휘두른다. 개다래나무를 마주한 고양잇과 동물 같은 모습이었다. 동공은 완전히 열려 있고 침이 흘러넘쳤다.

"오~."

시세이는 동요하지 않고 무표정하게 휘둘리고 있었다.

"선생님, 제 여동생 좀 그만 휘둘러주실래요?"

"헉?!"

미술 교사가 정신을 차렸다.

"역시 스토커였구나, 선생님♪."

"아, 아니에요……."

여전히 혐의를 부인하는 미술 교사의 품에서 꾸깃꾸깃한 비닐봉지가 떨어졌다.

"이게 뭐야……?"

봉투를 주워드는 히마리.

"점심에 시세가 먹은 멜론빵 봉지네. 수집가형 스토커인가."

"쓰레기가 떨어져 있어서 주운 것뿐이에요! 교사의 의무라고요!"

"하지만 이 봉투, 수집한 날짜가 펜으로 적혀 있는데……."

히마리가 질색한 표정을 지었다.

"으윽……!"

궁지에 몰린 미술 선생님이 땅바닥에 손을 대고 쓰러졌다.

"맞아요! 저는 스토커 선생님이에요! 하지만 저뿐만이 아니에요! 시세이 양의 스토커는 다들 하고 있다고요!"

히마리가 진지하게 타일렀다.

"'다들 하고 있으니까 괜찮아'는 제일 잘못된 생각 아닐까, 선생님. 삶의 방식을 다시 생각해보는 편이 좋을 것 같아……."

"죄송해요! 교육 실습생부터 다시 할게요~!"

미술 교사가 납작 엎드렸다. 20대 중반, 준수한 외모로 남학생에게 인기 있는 여교사가 무릎 꿇은 모습은 심적으로 보고 있기가 괴로웠다.

무겁게 고개를 끄덕이는 시세이.

"이걸로 한 건 해결."

"해결되진 않았지. 스토커가 또 있다고 했잖아."

"좋았어! 모두 잡아버리자~♪."

마호가 활기차게 벌레잡이 그물채를 치켜들었다.

교정에 학생들이 주저앉아 있다.

남자에 여자, 학년도 1학년부터 3학년까지로 다양하다. 다들 손발이 끈으로 묶여 있음에도 겁내는 기색조차 없다.

"꽤…… 많았네……."

"시세이, 얼마나 인기가 많은 거야……."

사이토와 히마리는 숨을 헐떡이고 있었다.

내내 전력 질주하던 마호는 벌레잡이 그물채를 움켜쥔 채로 죽어 있었고, 시세이는 학생들의 끈을 더욱 단단히 묶고 있었다.

"시세이에게 묶이다니……." "다시 없을 포상……." "더 꽉 묶어줘! 전기 충격도 가해줘!" "시세이의 손, 작고 귀여워……."

포획된 학생들은 전혀 반성하는 기색이 없었다. 황홀하

게 풀린 표정에는 당장이라도 시세이에게 덤벼들 것 같은 열기로 가득했다.

시세이가 사이토의 얼굴을 올려다보았다.

"오빠, 어쩔까? 태울까?"

"태우는 건 스토커보다 더 중죄가 될 것 같은데……."

"괜찮아. 스토커의 옷만 태울 거야."

"알몸 스토커를 거리에 풀어놓지 마!"

사이토는 머리털이 쭈뼛 섰다.

게다가 그들은 끈으로 묶여 있었다. 아비규환의 지옥이 일어나 경찰관들이 오늘 온종일 격무에 쫓길 것이 불 보듯 뻔했다.

"그럼 설득할게."

"설득하면 들을 녀석들인가……?"

"성심성의껏 설득하면 마음은 전해져. 그런 식으로 시세는 네스호의 네시도 길들였어."

"시짱, 굉장하다!"

죽어 있던 마호가 부활하여 일어났다.

"네시가 어디 있어……."

"있어. 시세의 마음속에……."

살며시 자신의 가슴에 손을 얹으면서 시세이가 스토커들 앞에 섰다.

조용한 눈동자로 스토커들을 둘러보며 말을 건넨다.

"시세는…… 전인류를 용서한다."

여신이나 다름없는 선언이었다.

"화나지 않았어?" "징그럽다고 생각 안 해?" "오히려 징그럽다고 말해줘!" "그 예쁜 눈동자로 멸시해줬으면 좋겠어!" "밟아주세요, 시세이 님!"

스토커들의 정신 상태는 손 쓰기엔 너무 늦은 상태였다.

"화도 안 나고 기분 나쁘다는 생각도 안 해. 대신 대가는 받겠어. 1인당 매일 멜론빵을 100개 가져올 것."

주르륵, 시세이는 침을 흘렸다. 욕망에 찬 여신이었다.

"100개?! 겨우 그걸로는 내 사랑이 전해지지 않아!" "매일 1,000개 가져올게요!" "빵 굽는 가마를 수입해 와야겠어!" "여기서 우리 제빵사의 전설이…… 시작된다!"

스토커들의 의욕은 엄청났다.

"손으로 직접 만들 생각인가……."

사이토는 두려움을 느꼈다.

이렇게까지 한 인간에게 푹 빠져 열광하는 심정을 이해할 수 없었다. 아이돌이나 연예인에 집착하는 사람들의 심리도 사이토는 잘 몰랐다. 인간보다는 책이나 지식이나 이야기 쪽이 훨씬 재미있다고 생각하기 때문이었다.

히마리가 걱정했다.

"시세이, 빵을 그렇게나 많이 먹으면 배탈 날 텐데?"

"괜찮아. 남은 분량은 시장에 유통할 거야."

"장사까지 내다본다니……."

"호조 일족의 인간으로서 늘 경영자 시선을 가지는 건 중요해. 시세는 멜론빵으로 세계를 지배해 보이겠어."

"멜론빵을 세계 정복에도 쓸 수 있어?!"

"쓸 수 있어. 멜론빵은 압도적 폭력."

시세이가 무슨 말을 하는지 사이토는 알 수 없었지만, 그것은 평소와 같은 일이었기에 크게 신경 쓰지 않았다. 의미를 생각하기 시작한 순간 어둠에 파묻힐 것이다.

히마리가 물었다.

"이걸로 스토커는 다 잡은 건가?"

"그밖에는 못 봤으니까 일단 문제없을 거야."

점심시간이 끝났음을 알리는 예비종이 울리자 사이토 일행은 학교 건물로 돌아갔다.

문제가 없었을…… 텐데.

학교가 끝나고 사이토네 집에 와서 게임을 하던 시세이가 흠칫 어깨를 떨었다. 컨트롤러를 조작하던 손을 멈추고 소파에 있던 사이토에게 작은 소리로 전했다.

"기척이 느껴져. 아직 스토커가 있어."

"뭐?! 우리 집까지 쫓아온 거야? 어디에?"

상대가 눈치채지 않게 사이토가 슬며시 시선을 주위로 돌렸다.

"모르겠어. 조용히, 집중해."

시세이가 사이토의 입술에 검지를 댔다.

사이토는 귀를 기울이고 기척을 살폈다. 거실 소파에 양무릎을 얹은 시세이는 인형처럼 꿈쩍도 하지 않고 가슴조차 움직이지 않았다.

얼어붙은 듯 굳어진 공간에서 희미하게 옷 스치는 소리만이 들려왔다. 그리고 눌러 죽인 듯한 한숨 소리도. 복도에서.

"거기구나!"

"꺄악?!"

사이토가 힘차게 문을 열었다.

복도에 숨어있던 것은…… 아카네였다. 학교 교복을 입은 채 스마트폰 카메라를 이쪽으로 향하고 있었다.

"아카네?! 너도 시세의 스토커였어?!"

"스토커 같은 거 아냐!"

아카네가 황급히 스마트폰을 등에 숨겼다.

시세이가 탁한 눈빛으로 아카네를 바라보았다.

"나는 이 기척과 냄새를 기억해. 최근 시세가 오빠와 함께 있을 때 계속 따라다니는 걸 느꼈어. 아카네인지 몰랐어."

"계속 아카네의 체취가……?"

눈을 휘둥그레 뜨는 사이토를 보며 고개를 끄덕이는 시세이.

"멀리서도 냄새가 났어."

"그 말투는 무례하지 않아?! 제대로 매일 목욕하고 있어!"

벌컥 화를 내는 아카네.

참고로 사이토가 싫어하는 냄새는 아니었다. 딸기 제품만 먹어서 그런지 딸기와 비슷한 상큼하고 새콤달콤한 냄새였다.

폭주 드래곤에 의해 전복되면 위험했기에 사이토가 부드럽게 타일렀다.

"아카네…… 스토커는 나쁜 짓이야. 시세는 귀여우니까 충동적인 그 마음을 모르는 건 아니지만……."

"귀여우니까 어쩔 수 없어."

동의하는 시세이.

"나쁜 짓한 적 없어!"

"지금도 시세를 몰래 찍고 있었지? 핸드폰 좀 보여줄래?"

사이토는 증거품 제출을 요구했다.

아카네는 빠르게 물러섰다.

"안 돼!"

"역시 꺼림칙한 일을 했나 보네."

"그, 그런 거 없어! 이건 그러니까…… 나 외의 사람이 만지면 폭발하는 보안 시스템이 장착되어 있어!"

"보안 시스템인테 왜 사망자가 나와! 좀 더 안전성을 고려해!"

"안전성보다 프라이버시가 더 중요해!"

"됐으니까 보여줘!"

"너에게 보일 바엔 차라리 지구째로 폭발하는 편이 나아!"

스마트폰을 둘러싸고 옥신각신하는 두 사람.

사이토가 뻗은 손을 아카네가 붙잡고 양손으로 엎치락뒤치락했다. 위급시의 초인적인 힘이 발휘되기라도 한 것인지 사이토의 손이 부러질 듯한 박력이었다.

하지만 사이토 역시 물러설 수는 없었다. 소중한 여동생의 평화가 달린 것이다.

바닥에 굴러떨어진 스마트폰을 시세이가 주웠다.

"획득."

"앗……."

새파래진 아카네, 하지만 이미 늦었다. 두 손은 사이토에게 꽉 잡혀 있다.

시세이가 스마트폰을 작동시켜 사진 폴더를 열었다.

"……."

"어때? 시세 사진이 있었어?"

도망치려는 아카네를 구속한 채 사이토가 물었다.

"시세도 찍혔는데 메인은 아니야. 오빠 사진투성이."

"내 사진……?"

"……!"

아카네의 얼굴이 새빨개졌다.

사이토가 공포로 몸을 떨었다.
"무슨 목적이지……. 혹시…… 내 사진을 대량으로 찍어서 저주에 사용할 셈인가?!"
"안 써!"
"그럼 어떤 살해 방법을 쓰려고……?"
"애초에 죽이지 않을 거야!"
"그렇다면 뭐 때문에……?"
사이토는 그 이상은 떠오르지 않았다. 흉악한 음모의 예감에 짓눌릴 것만 같았다.
"몰라! 난 아무것도 몰라!"
아카네는 스마트폰을 빼앗아 계단을 뛰어 올라가더니 위층으로 달아났다.
시세이는 아카네가 직접 만든 저녁 식사를 완전히 해치우고 난 뒤에야 돌아갔다.
사이토는 자고 가길 바랐지만, 부모님이 섭섭해하시니 오늘 밤은 돌아가겠다고 했다. 루이도 마중을 나와 있어서 끝까지 붙잡을 수가 없었다.
이제 아카네밖에 없는 집에 남겨진 사이토는 태세를 정비했다.
아카네가 사진을 모으는 의도는 전혀 파악할 수 없지만, 무력하게 살해당할 수는 없다. 전력으로 저항할 것이다. 그런 각오를 다졌다.

농성한다면 홈그라운드인 자신의 공부방이 제격이겠지. 그렇게 생각한 사이토가 거실에서 철수하려는데 아카네가 찾아왔다.

무언가를 등에 감추고 긴장된 표정으로 입구에 서 있다.

"아, 안녕……."

"안녕……?"

어째서인지 인사를 주고받는 두 사람.

누가 봐도 아카네의 모습이 이상하다. 사이토는 점점 더 위기감을 느꼈다. 등에 숨긴 것은 분명 사이토를 암살하기 위한 무기일 것이다. 마침내 그때가 온 것이다.

"대, 대화하지 않을래? 난 너와 싸울 이유가 전혀 없어. 평화를 유지하기 위해서라면 협상도 마다하지 않겠어…… 넌 어때?"

사이토는 설득을 위해 애썼지만, 아카네는 듣는 척도 하지 않았다. 침묵을 유지한 채 소파에 있는 사이토 쪽을 향해 거친 발걸음으로 다가왔다.

"알았어, 네 요구는 뭐야?! 이번만큼은 특별히! 무조건 들어줄게!"

사이토는 두 손을 들고 전면 항복을 선언했다.

그런데도 아카네는 뒤에 감추고 있던 물건을 무서운 기세로 내밀었다.

——죽는 건가?!

사이토가 몸을 굳혔다.

하지만.

"이, 이거!"

아카네가 떨면서 내민 물건은 창도 아니고 검도 아니었다.

겉보기에는 두꺼운 책 같지만 조금 달랐다.

표지에는 '사이토 1년차'라고 적혀 있고 빨간 리본이 달려 있었다.

"으음…… 이게 뭐야?"

사이토가 당황했다.

"네, 네 앨범이야. 사이토 넌 앨범이 없다길래 우선 한 권 만들었어."

"혹시…… 그것 때문에 내 사진을 찍고 있었던 거야?"

"으, 응……."

허리 뒤로 손을 잡고 쭈뼛거리는 아카네. 뺨을 주홍색으로 물들인 채 힐끔힐끔 사이토의 반응을 살피고 있다.

사이토는 앨범을 열었다.

안에 붙어 있는 사진은 집에서 게임 중인 사이토나 슈퍼마켓에서 쇼핑하는 사이토, 교실에서 수업을 듣는 사이토의 모습.

밤중에 몰래 찍은 것인지 사이토의 단정치 못한 자는 모습까지 담겨 있었다. 사이토의 일상의 모든 장면이 수십 페이지에 걸쳐서 모여있었다.

그것을 바라보고 있자 사이토의 심장이 술렁거렸다.

가슴속이 조이는 듯한, 긁히는 듯한 위화감, 이상한 느낌이지만 조금도 불쾌하지 않다.

머릿속이 뜨거워지고 경치가 흔들렸다.

이것은 아카네에게 안겨 울었을 때와 같은 느낌이었다.

잘은 모르겠지만 꼭 알고 싶었던 아득한 저편의 색깔.

"피, 필요 없다면 버려도 돼! 역시 그런 건 기분 나쁘지?! 나도 참 뭘 하는 건지! 이상하지?! 지금 당장 버리고 올게!"

아카네가 황급히 사이토에게서 앨범을 가져가려 했다.

"……필요해."

"어?"

앨범을 끌어안는 사이토의 모습에 아카네가 눈을 깜박였다. 어떻게 해야 할지 모르겠다는 듯 앨범과 사이토를 번갈아 보며 당황하고 있다.

그런 아카네의 모습이 이상하게 귀여웠다.

"……고마워. 정말로 기뻐."

사이토가 미소 지었다.

"……!"

아카네는 두 손으로 입을 누르고 별처럼 눈동자를 반짝였다. 선물해 준 것은 아카네인데, 마치 자신이 선물을 받은 것처럼 기쁜 얼굴로 몇 번이고 고개를 끄덕인다.

"하지만 이것만으로는 부족해."

"뭐가 부족한데? 뭐든지 찍어줄게!"

"내가 찍을게."

"힉?"

사이토가 아카네의 손을 잡았다.

나란히 소파에 앉아 스마트폰의 전면 카메라로 두 사람의 모습을 담는다.

붉어진 채 굳어 있는 아카네와 역시 붉어진 사이토의 얼굴.

그것을 자신의 기억이 아닌 스마트폰의 메모리 속에 저장했다.

"내 앨범인데 네가 없는 건 이상하잖아?"

"……응."

화면 속의 사이토를 향해 아카네가 웃었다.

밤바다 쪽 길을 따라 흰색의 고급차가 달려간다.

창가로 흐르는 검은색 바다. 멀리 어선들의 불빛이 희미하게 떠 있다. 내리기 시작한 가랑비가 유리창을 적시며 먼 곳의 불빛이 번져들었다.

차를 운전하는 사람은 메이드 운전사인 루이. 일이 곧 취미인 그녀는 작은 콧노래를 섞어 부르며 핸들을 돌리고 있다.

"아가씨, 오늘은 푸딩을 사서 돌아가지 않아도 괜찮으시겠어요?"

"음. 오늘 밤은 피곤하니까 일찍 들어가서 자고 싶어."

뒷좌석에 앉아 시세이는 다리를 흔들거리고 있다.

손에 쥐고 있는 것은 한 장의 종이.

"뭘 들고 계시나요?"

루이가 백미러 너머로 물었다.

"그냥 사진. 인쇄하는 법을 알려줬더니 아카네가 줬어."

"요즘 시대에 종이 사진이라니 드무네요."

"데이터면 충분한데, 비합리적이야. 합리주의자인 오빠는 이런 건 좋아하지 않아."

그렇게 말하면서 시세이는 사진을 가슴에 꼭 껴안았다.

거기에 있는 것은 딱 붙어있는 시세이와 사이토의 모습이었다.

흠
사이토의 일상을 좀 더 찍어서
앨범을 잔뜩 채워줘야지 ……!
달칵…
푸우―
콧물방울?!

찰칵 찰칵 찰칵 찰칵
타다다닥
이건 셔터 찬스야!
아니,
슈욱
두두우웅우우
왜 포즈를 잡는 거야!
멋지게 찍히고 싶으니까…….
이것이 우리들의 일상

거실 소파에 나란히 앉은 사이토가 아카네와 둘이서 영화를 보고 있는데 스마트폰으로 전화가 걸려왔다.

스마트폰을 확인하는 사이토, 하지만 화면에 '할아버지(호조)'라고 표시된 것을 보고 슬며시 테이블에 돌려놓았다.

아카네가 고른 영화는 여전히 고양이밖에 등장하지 않아 수마와의 싸움이 이어졌지만, 할아버지의 농담에 어울리는 것보다는 낫다. 오래간만에 찾아온 단란한 시간을 방해받고 싶지 않다는 마음도 있었다.

"안 받아도 돼?"

아카네가 리모컨으로 영화를 중단했다.

"괜찮아. 조만간 포기하겠지."

"친할아버지인데 받아주는 게 좋지 않을까? 외로우실지도 모르잖아."

사이토가 코웃음을 쳤다.

"그 재난급 독재자가 외롭다는 인간의 감정을 가질 리가 없잖아."

"인간 맞는데?! 손자의 목소리를 듣고 싶은 게 보통이지! 안 받아주면 가엾잖아!"

독재자는 인간의 목소리 따위 듣고 싶어 하지 않는다. 자신의 목소리만 일방적으로 밀어붙이면 끝이라고 사이토는 생각했다.

"하지만……."
"하지만이고 뭐고! 됐으니까 받아! 난 기다리고 있을게!"
아카네가 필사적으로 권했다.
"어쩔 수 없지……."
사이토가 마지못해 스마트폰을 집었다.
"여보세요."
『좋은 아내로군. 너와는 달리 인간다운 감정으로 가득 차 있어.』
"……끊어도 돼?"
이래서 할아버지와는 가능한 한 엮이고 싶지 않은 것이다. 전화를 받기 전부터 이쪽의 대화를 파악하고 있다는 것이 누가 봐도 수상했다. 텐류의 주문제작 신축 서프라이즈 하우스에는 손자의 사생활을 유린하는 기믹이 넘쳐났다.
텐류가 호탕하게 웃었다.
『끊어도 소용없다는 건 알고 있겠지?』
"용건이 있으면 3초 안에 얘기해 줘."
사이토는 조속한 해방을 간청했다.
『창고 정리를 너와 시세이에게 부탁하고 싶어서 말이야. 오래전부터 해야겠다고 생각하긴 했지만 틈이 없었다. 선대까지의 무능함이 모아둔 물건들이 잔뜩 쌓여 있지.』
"메이드한테 시키면 되잖아. 본가에 대해서는 나보다 더 잘 아니까."

『사용인은…… 내가 전부 죽였다.』

"어째서?!"

경악하는 사이토.

『진심으로 받아들이지 마. 이런 농담에 넘어가면 귀신투성이인 재계에서 살아갈 수 없다.』

"아니…… 할배라면 할 것 같아서……."

『그것도 그렇군.』

"부정 좀 해!"

내 할아버지이지만 피가 연결되어 있다는 것조차 두려웠다. 아카네가 기대하는 할아버지와 손자 간의 진심 어린 커뮤니케이션은 전무했다.

그런데도 아카네는 전화하는 사이토를 다정한 눈빛으로 지켜보고 있다. 응응, 하고 부드럽게 고개까지 끄덕이고 있다. 그 눈빛은 뭐야, 놀리는 건가, 하고 사이토는 생각했다.

『노동에 대한 대가는 주마. 창고 안에 있는 물건, 그중 뭐든 원하는 걸 하나 갖고 가도 좋아.』

"딱히 갖고 싶은 건 없는데……."

『정말 괜찮겠냐? 네가 안 온다고 하면 적당히 아무 업체에나 맡겨서 전부 폐기할 건데? 셜록 홈즈 초판본이나 17세기 간행된 셰익스피어 희곡집 같은 것도 어딘가에 묻혀 있었지, 아마?』

"큭……."

사이토가 스마트폰을 움켜쥐었다.

당주 자리를 이어가면 창고의 내용물은 자신의 것이 된다고는 하나 그 전에 처분되면 어쩔 도리가 없었다. 귀중한 희귀본이 가치를 모르는 사람에 의해 사라지는 것을 두고 볼 순 없는 것이다.

아니, 할아버지는 가치를 충분히 알면서도 협박하고 있으니 더 다루기 힘들었다.

텐류가 비웃듯이 물었다.

『자, 어쩔 거지……? 모든 건 네가 결정하기 나름이다. 나중에 후회해도 늦는다?』

사이토가 자포자기한 심정으로 대답했다.

"간다고! 가면 되잖아!"

『크큭큭, 처음부터 순순히 들으면 좋았을 것을.』

텐류는 짓궂은 웃음을 남기고는 전화를 끊었다.

말투도 웃는 모습도 완전히 악역 그 자체였다. 사이토에게 창고 정리 같은 것을 시키다니, 대체 무슨 일을 꾸미고 있는 것인지 알 수 없었다. 잠깐의 대화만으로도 사이토는 완전히 지쳐버렸다.

"무슨 일이야?"

아카네가 몸을 내밀었다.

"나랑 시세한테 본가의 창고 정리를 하라네. 귀찮지만 다음에 잠깐 다녀올게."

"흐음……."

탁자를 응시하는 아카네.

통화가 끝났는데도 다시 영화를 감상하려 하지 않는다. 어딘가 불편한 기색으로 손톱을 매만지며 손가락을 꼼지락대고 있다.

"그럼 나도 도와줄게!"

"집에서 편하게 있어도 되는데? 친척 모임이 있을 때도 아카네는 본가에 가는 거 싫어했잖아."

굳이 아카네까지 텐류의 고집에 휘둘려 중노동을 할 필요는 없다고 사이토는 생각했다. 잘 생각해보면 결혼 상대의 친족이 있는 집은 불편하기만 할 것이었다.

"아니, 이번에는 갈 거야. 왜냐하면……."

"왜냐하면……?"

물어오는 사이토에게 아카네는 입술을 깨물었다.

사이토를 바라보다가, 꺼질 듯이 희미한 목소리로 전한다.

"……너에 대해 알고 싶으니까."

사이토는 심장에 직접 무언가가 와닿은 듯한 느낌을 받았다.

아프고, 뜨겁고, 심장의 벽을 잡아 뜯는 듯한 생생한 감촉.

하지만 나쁘지 않았다. 귓불이 은은한 열을 띠었다.

"그, 그래……?"
"……응."
눈을 돌리는 두 사람.
이 공기는 대체 뭘까?
거실의 산소 밀도가 짙어진 느낌에 사이토는 흠칫 떨었다. 몸이 닿아 있지 않은데도 옆에 앉은 아카네의 체온이 강하게 느껴졌다.
"잠깐 바깥 공기 좀 쐬고 올게!"
답답하기는 아카네도 마찬가지였는지 허겁지겁 일어나더니 거실 밖으로 뛰쳐나갔다.
남겨진 사이토는 소파에 등을 기대고 크게 숨을 내쉬었다.

아카네는 집에서 뛰쳐나와 현관 앞에 쭈그리고 앉았다.
뺨에 닿는 두 손이 뜨겁다.
아니, 뜨거운 것은 손바닥뿐만이 아니었다. 뺨도, 목덜미도, 심장도. 마치 온몸이 타오르는 것처럼 동요했다.
——또 말해버렸어! 말해버렸어……!
사이토에 대해 알고 싶다니, 내가 말했다고 하기엔 너무나도 대담한 발언.
그것 때문에 분위기가 이상해졌다. 사이토에게 뻔뻔하다고 여겨진 것이 아닐까 아카네는 불안해졌다.
하지만 거기서 물러설 수는 없었다. 자신에 대해 잘 말하지 않는 사이토에 대해 자세히 알기 위해서는 그의 주변 사람들을 알아야 했다.

그렇지 않아도 아카네는 사이토를 잘 이해하지 못하고 있다. 이대로 가다가는 닮은 사람인 사이토와 히마리가 함께 걸어가 버리고 아카네는 홀로 남겨질 것이다.

비록 태생이나 성장 과정이 다르다고 해도 사람들은 서로 이해할 수 있지 않을까. 적어도 이해하려고 노력할 수는 있다. 지금은 거리가 멀더라도 조금씩 사이토의 마음에 다가갈 수는 있다.

그러다 보면 언젠가 사이토와 진짜 부부가 될 수 있지 않을까? 형태뿐인 부부가 아니라 서로를 진심으로 배려하고 마음이 통하는 두 사람이.

"……힘내자."

아카네는 두 손으로 뺨을 두드리며 기합을 넣었다.

시세이네 리무진이 아카네 일행을 태우고 달려갔다.

아카네 옆에는 사이토가 앉아 있고 그 맞은편 자리에는 레이코와 시세이가 나란히 앉아 있었다.

데리러 온 것은 고마웠지만, 올라탈 때부터 레이코의 싸늘한 시선에 아카네는 잔뜩 굳어 있었다.

레이코가 희미하게 입꼬리를 치켜올린 채 물었다.

"왜 너까지 와있는 걸까……? 모처럼의 휴일인데 놀 친구도 없는 거니?"

적의가 굉장하다.

"친한 친구는…… 한 명 있긴 한데……."

"어머, 딱 한 명?"

호들갑스럽게 눈을 크게 뜨는 레이코.

"네……."

"인망 없는 사람을 당주를 지탱하는 아내로 두기엔 불안한데. 너, 사이토가 본가를 물려받았을 때 사용인들을 잘 정리할 자신이 있니?"

"……엄마."

쿡쿡, 하고 시세이가 레이코의 옆구리를 찔렀다.

레이코가 멈추지 않고 말을 이었다.

"단순히 귀엽기만 해서는 호조 가문 아내는 될 수 없어. 의사가 되겠다고 들었는데 본인의 꿈을 버릴 정도의 각오가 아니면 이 중책을 다할 수 없단다. 우리 어머니도 그 호색한인 아버지가 일에 전념할 수 있도록 분골쇄신……."

"고모. 그 정도만 해. 애초에 아카네도 좋아서 나랑 결혼한 게 아니니까."

사이토가 대화에 끼어들었다.

——도와줬어……?

아카네는 고동이 빨라지는 것을 느꼈다.

"좋아해서 결혼한 게 아니야? 정말이니?"

레이코는 뱀처럼 눈을 가늘게 뜨고 아카네를 바라보았다.
"저, 저기……."
"어때? 사이토 군에 대해 넌 어떻게 생각하니?"
몸이 짓눌릴 정도의 압박감.
"……."
아카네는 말문이 막혔다.
지금으로선 자신의 감정을 깨닫고 있다. 강제 결혼을 거절하지 않은 것도, 무의식적으로 그것을 원했기 때문이라는 것을 알고 있다.
하지만 사이토 앞에서 확실하게 말하는 건 무리였다. 부끄러워서 죽을 것이고, 사이토의 반응이 무서워서 죽을 것 같았다.
무엇보다…… 이렇게 로맨틱하지 않게 고백해도 잘 될 것 같지 않았다.
그것을 전부 간파하고 레이코는 아카네에게 묻는 것이다.
──나…… 레이코씨에게 미움받을 짓을 한 걸까……?
아카네는 기억을 더듬어 보았지만, 짐작 가는 기억이 없었다. 사이토와 결혼하기 전까지는 알지도 못했던 상대이고, 결혼하고 난 이후에도 거의 만났던 적이 없다.
"아카네가 날 좋아하지 않는 건 확실해. 우린 단순한 동거인일 뿐이야. 그러니까 이 이야기는 이제 됐잖아."
"흐음…… 단순한 동거인이라."

요염한 루즈가 발린 입술을 삐뚜름하게 올린 레이코가 피식 웃었다.

——굳이 강조할 필요는 없잖아…….

사이토는 도와주기 위해 한 말임에도 아카네의 가슴은 철렁 내려앉았다.

단순한 동거인일 뿐이라는 사실은 알고 있다. 자신도 계속 그렇게 말해 왔다. 하지만 그것을 다시 한번 단언하자 사이토와의 거리가 무한에 가깝도록 멀다는 것을 깨달았다.

이제 집에 가고 싶었다. 하지만 아직 호조 본가에 도착하지도 않았다.

차 안의 답답한 공기를 아카네는 필사적으로 참아냈다.

이것은 레이코의 공격이다. 도망치면 아카네의 패배다. 초등학교 때도 괴롭히는 아이들과 의연하게 싸웠으니 겨우 이 정도에 굴복할 수는 없었다.

아카네는 꾹 버티고 앉아 레이코를 마주 노려보았다.

그러던 중 차는 산간 도로를 올라 저택 앞에 도착했다.

뒷좌석 문이 열리며 독한 공기에서 아카네를 해방했다.

"더 대화하고 싶었는데 아쉽네."

빈정거리는 레이코의 목소리를 뒤로하고 아카네는 차 밖으로 나갔다.

눈 앞에 펼쳐진 것은 다이묘의 무사 저택을 방불케 하는 대저택.

호화 저택은 다 층수가 많을 줄 알았던 아카네지만, 호조 본가는 단층집이었고 흰 회반죽 담장이 끝없이 이어져 있었다. 저택으로만 한 마을 정도를 차지하고 있는 것이 아닐까 의심될 정도였다.

아카네는 기와지붕으로 된 대문을 지나 굵은 자갈길을 건널 수 있도록 만든 징검다리를 밟아 현관으로 들어갔다.

나무 향기가 스며든 현관에는 사용인들이 나란히 정좌해 있다. 우아하게 옷을 차려입은 노파가 손을 포개고 깊이 인사했다.

"잘 오셨습니다, 작은 마님. 메이드를 맡은 사카키라고 합니다."

"작은 마님……?"

어리둥절한 아카네에게 시세이가 알려주었다.

"아카네, 차기 당주의 아내니까."

"나, 나?!"

낯선 호칭에 아카네가 당황했다.

메이드가 공손히 손을 내밀었다.

"이리 주세요, 작은 마님. 짐을 보관해 드리겠습니다."

"어, 직접 들을 수 있는데……."

"그랬다가 소중한 짐을 잃어버리기라도 하면 저희가 혼이 난답니다."

"그럼……."

아카네는 마지못해 메이드에게 숄더백을 건네주었다. 현관으로 올라가 신발을 가지런히 놓으려는데 사용인이 황급히 다가왔다.

"작은 마님! 그런 행동을 하시면 곤란합니다!"

"히익?! 뭔가 잘못한 건가?!"

구두를 정리하는 것이 호조 가문에서는 매너에 어긋나는 행동이었을까, 아니면 호화로운 저택에서는 구두를 신고 올라가는 것이 평범한 걸까? 상황을 모르는 아카네가 움츠러들었다.

"그런 일은 사용인에게 맡겨 주세요. 가문 분들이 하실 일이 아닙니다."

"네, 네……."

어렵다. 조금이라도 쓸데없는 짓을 하면 사용인들에게 혼이 난다. 자유롭게 행동하는 게 더 편하겠지만, 그녀들에게도 입장이 있을 것이다.

"여기는 귀족의 집이야……?"

판자로 된 복도를 걸으며 아카네가 사이토에게 속삭였다.

사이토가 가볍게 어깨를 으쓱했다.

"잘은 모르겠지만 먼 조상은 조정 가문이었던 모양이야. 미나모토 요리미츠에게 토벌당한 뒤 궁중에 들어갔다나 뭐라나. 그냥 전해지는 말이지만."

"허어……."

정말 귀족이었다.

평범한 서민인 아카네는 더욱 긴장했다.

복도를 따라 난 장지문 하나만으로도 고급스러움이 묻어나서 실수로 찢어버리면 어쩌나 하는 걱정이 들었다. 인테리어의 방향성은 할머니의 요정과 비슷했지만, 요정은 홈이고 여기는 어웨이다.

복도를 걷고 있는데 저편에서 중년 남녀가 다가왔다.

이쪽을 알아챘지만, 인사조차 하지 않고 사용인 같지도 않았다. 표정은 싸늘하고 날카롭지만, 생김새는 어딘가 사이토를 닮았다.

남녀는 둘이서만 속삭이며 아카네들 옆을 지나갔다.

아카네는 시세이에게 작은 소리로 물었다.

"……저 사람들은? 친척이야?"

"오빠 부모님."

"진짜?! 완전히 남남같은 분위기였는데……."

사이토도 부모도 서로 전혀 반응하지 않았다. 마치 다른 세상에 살고 있고 상대방의 존재를 인식하지도 못한 것처럼.

"그게 오빠 부모야. 얼른 죽기나 할 것이지."

시세이는 드물게 거침없이 잘라 말했다.

"나 인사 좀 하고 올게!"

"아카네?! 굳이 그럴 필요는……."

사이토는 말리려 했지만, 아카네는 사이토의 부모를 쫓아갔다.

부모 자식의 관계가 나쁘다고 해도 그 사람들은 사이토에겐 틀림없는 친부모였고, 아카네에겐 시부모가 된다. 모른 척 무시할 수는 없었다. 제대로 인사하는 것이 도리였다. 그러면 사이토에 대해 조금이라도 알게 될지도 모른다.

복도 모퉁이를 돌아 아카네가 사이토의 부모를 따라잡았다.

"아, 저기……!"

"뭐지?"

사이토의 아버지가 돌아본다.

눈매는 사이토를 쏙 빼닮았는데 사이토와 달리 눈 안쪽에 온기가 없다. 밑도 끝도 없는 늪 같은 눈동자에서 쏟아지는 싸늘한 시선에 아카네는 한기를 느꼈다.

"처, 처음 뵙겠습니다. 부모님께 한번은 인사를 드려야 할 것 같아서."

"누구?"

"글쎄?"

양친은 의아한 듯이 얼굴을 마주 보았다.

이 두 사람은 아들의 결혼 상대의 얼굴도 모르는 걸까? 텐류나 사이토에게 사진도 보지 못한 걸까?

"사쿠라모리 아카네입니다. 사이토…… 씨랑 결혼한……."

"……아아."

그 말로 납득한 것인지 아버지가 어깨를 들썩였다. 그러나 아카네를 향한 시선은 다정해지기는커녕 오히려 서늘함이 더해졌다.

"그걸 받아줘서 고맙군. 집에 두기엔 영 거슬려서 말이야."

"'그거'……?"

"네 남편이 된 남자 말이다. 늘 남을 내려다보기나 하고 거슬리기 짝이 없어. 너도 그걸 보면 매번 짜증 나지? 고생이 많겠군."

동정하는 듯한 말속에도 동정은 없었다. 오직 바늘만이 꽉 차 있다.

"싸움은…… 자주 하지만…… 그래도……."

거슬린다는 생각은, 아카네는 해본 적이 없었다.

의견 차이로 다투는 시간도 사이토와의 소중한 시간이다. 결혼 초기에는 스트레스를 받았지만, 그렇게 부딪쳤기 때문에 조금이나마 사이토의 마음을 알 수 있었다.

어머니가 아카네에게 물었다.

"본가에서 돈은 충분히 받았겠지? 집안일도 사용인에게 맡길 수 있으니 부럽구나."

"아니요, 집안일은 둘이서 분담하고 있어요. 제가 요리를 하고 사이토는 다른 집안일을 하고 있고요."

"뭐? 왜 그런 쓸데없는 짓을 하는 거지?"

아버지가 눈살을 찌푸렸다.

"왜냐니…… 제 집에서도 평범하게 집안일은 직접 해왔었고……."

쓸데없는 짓이라는 건 무슨 뜻일까. 요리를 만드는 것은 즐겁고 사이토가 기뻐하는 것은 더욱 즐거운 일이다.

어머니가 빙긋 웃었다.

"무리하지 않아도 된단다. 그 아이에겐 컵라면이나 적당히 사주면 돼. 그 애는 컵라면이나 과자처럼 몸에 안 좋은 걸 무척 좋아하거든."

"아뇨…… 그러면 사이토 건강이 나빠지잖아요."

"나빠지라지. 어차피 아버지가 최고의 병원에 집어넣어 치료해 줄 텐데. 소중한 후계자가 죽어버리면 곤란하니까."

아버지가 짓씹듯이 말했다.

"……."

아카네는 입술을 깨물었다.

대체 뭘까, 이 사람들은. 그것이 아들에게 할 말인가? 아카네의 어머니는 아무리 바빠도 아카네를 생각해 주었고, 부모란 원래 그런 것이었다.

시세이가 사이토의 부모님을 그토록 싫어했던 이유를 아카네도 알고 말았다. 아주 잠시 대화한 것뿐인데도 몸 깊은 곳에서 화가 치밀어 올랐다.

——화내면 안 돼……. 이런 곳에서 싸우면 사이토에게

폐를 끼치고 말아…….

아카네는 주먹을 불끈 쥐며 자신을 타이른다. 평소 같으면 터져버릴 상황이었지만, 사이토에게 미움받는 것만은 피하고 싶었다.

"어머, 대화 중이었나?"

레이코가 와서 사이토의 아버지에게 물었다.

"별 얘기는 아니야. 그것보다……."

"음."

아버지와 레이코는 고개를 끄덕이고 어머니를 포함하여 셋이서 복도를 따라 방으로 들어갔다.

주위를 살피는 듯한 꺼림칙한 표정.

세 사람의 모습이 어쩐지 부자연스러워 아카네는 신경이 쓰였다.

방안에서 뚝뚝 끊기는 말소리가 들려왔다.

"……날릴 수 있는…… 몰래 갖고 나오면……."

"돈이…… 하지만……지 않으면……."

"어차피 들킬 거야…… 감시역도…… 그 정도는 아버님이……."

희미하게 새어 나오는 불온한 단어.

아카네가 그 자리를 떠나지 못하고 있을 때 아버지의 노성이 울려 퍼졌다.

"시끄러워! 동생이면 얌전히 내 말이나 들어!"

움찔하는 아카네.

사이토와 피는 연결되어 있기는 하지만 이 아버지는 사이토와는 전혀 다르다. 아무리 심한 말다툼이 벌어져도 사이토는 이렇게 위에서 짓누르듯이 말하지는 않았다.

가슴을 누르고 숨을 죽이는 아카네.

그때 실내에서 레이코가 말했다.

"훔쳐 듣는 건 예의가 아니지, 질부?"

"……!"

들키고 말았다.

아카네는 화들짝 놀라 방 앞에서 떠났다.

텐류에게 정리를 부탁받은 창고는 안채에서 조금 떨어진 곳에 세워져 있었다.

시대극에 나올 법한 운치를 가진 흰색으로 칠해진 창고. 문은 철로 된 굵은 빗장으로 닫힌 채 자물쇠와 쇠사슬로 단단하게 고정되어 있다.

루이가 잠금을 풀어주자 사이토, 시세이, 아카네가 창고 안으로 들어갔다.

천장에 걸쳐 나 있는 커다란 대들보. 좁고 높은 창문에서만 빛이 비쳐들어 창고 안은 어둑어둑했다. 오랫동안 갇혀 케케묵은 듯한 향기가 가득 차 있다.

주변에는 항아리와 그림, 조각상들이 무질서하게 쌓여

있었다. 하나같이 두꺼운 먼지를 뒤집어쓰고 바닥에도 눈이 쌓인 것처럼 보였다.

시세이가 아카네의 얼굴을 들여다보았다.

"아카네, 안색이 안 좋아. 무슨 일 있어?"

"어, 저기…… 사이토의 부모님과 시세이 씨 어머니가 몰래 대화하는 걸 들어 버렸는데, 좀 신경 쓰여서."

"평소에는 제대로 말도 안 하는데, 별일이네."

사이토가 의외라는 듯 말했다.

"그래?"

"응, 고모는 우리 부모님을 싫어하시니까."

"당연해. 시세도 싫어. 오빠 괴롭히는 사람 싫어."

시세이가 사이토의 가슴을 툭툭 치고 있다. 사이토에게 분노를 향하는 건 좀 이상하지 않을까.

"딱히 괴롭힘당한 적은 없어. 맞은 적도 혼난 적도 없으니까. 오히려 나는 아카네에게 괴롭힘당하고 있지."

"오빠를 괴롭히지 말아줘."

"나, 난 괴롭히지 않았어! 스테이크가 먹고 싶다고?! 그랬구나?! 다음에 만들어줄게!"

"냉큼 매수하려고 하지 마."

그러나 스테이크는 끌렸다. 아카네 특제 스테이크는 어중간한 전문점들은 발끝에 미치지 못할 정도로 맛있다.

딱히 중독성 있는 약물에 담가 만든 것도 아닐 텐데 그

차이는 도대체 어디서 오는 걸까? 온몸이 포만감으로 가득 한 느낌을 사이토는 아카네 요리 외에서 맛본 적이 없었다.

"엄마랑 그 사람들, 무슨 얘기를 하고 있었어?"

시세이가 물었다.

"돈 얘기로 싸우는 것 같았어. 몰래 가져가니, 감시역이 어떻다니……."

"시세 푸딩의 위기?"

"다 큰 어른이 굳이 푸딩을 훔치진 않을 것 같은데……."

"훔치는 사람도 있어."

시세이에게 비난의 눈초리를 받은 루이가 조용히 헛기침했다.

"아마 창고의 골동품을 노리고 있는 거겠죠. 당주님께서 아가씨와 사이토 님께 뭐든 하나 양보하겠다고 하셨으니 질투가 났을 겁니다. 팔면 상당한 재산이 될 테니까요."

"그럼 빨리 사이토 할아버님께 말씀드려야지!"

아카네가 창고에서 뛰쳐나가려고 했다.

"괜찮습니다."

"하지만……."

"그 정도의 일을 당주님께서 상정하지 못하셨을 리가 없잖습니까. 도둑이 다가오면 사양하지 않고 내던져도 된다는 지시를 받았습니다."

그렇게 말한 루이는 거대한 조각상을 가볍게 한 손으로

들고 있었다. 만약 그녀의 던지기 기술에 맞는다면 평범한 사람들은 골절 수준에서 끝나지 않으리라.

오동나무 상자 위에 시세이가 걸터앉자 그곳에 쌓인 먼지가 날아올랐다.

"오빠랑 여기서 노는 거 오랜만이야."

"딱히 놀러 온 건 아닌데."

사이토는 오동나무 상자 위에서 시세이를 들어 올렸다. 오래된 물건이라 약해졌을지도 모르고 그대로 무너질 것 같아 위태로웠다.

"어렸을 때는 창고에서 놀았어? 숨바꼭질 같은 거 하면서?"

아카네가 관심 어린 표정을 지었다.

시세이가 고개를 젓는다.

"숨바꼭질 아냐. 창문을 막고 창고를 캄캄하게 만들고 진정한 어둠 속에서 오빠와 치고받고 싸우는 게임."

"서바이벌?!"

경악하는 아카네.

"무기는 평범한 뿅망치야. 치명성은 없어."

"하지만 위험하잖아. 어디서 어떻게 넘어질지도 모르는데."

"뭐, 젊음의 치기라는 거지."

"오빠도 시세도 아직 젊었어."

"시세이 씨는 지금도 젊어 보이는데……."

초등학생 정도의 젊음이다.

"창고 열쇠가 실수로 밖에서 잠겨서 나갈 수 없게 됐을 때도 재미있었어."

"난 전혀 재미없었거든. 그때는 굶주린 시세한테 먹히는 줄 알았다고."

"오빠랑 함께라면 뭐든지 재밌어. 이쪽에 둘이서 옛날에 그린 낙서도 있어."

시세이가 사이토의 손을 벽 쪽으로 끌고 갔다.

기억력이 좋은 사이토는 물론 기억하고 있었다.

다섯 살 때 그린 텐류의 낙서. 당시에는 할아버지를 향해서도 그렇게 큰 반감을 갖진 않았었다. 양옆에는 사이토와 시세이의 모습도 있다. 그림의 재료는 크레용이지만 미취학 아동치고는 상당한 퀄리티였다.

시세이가 득의양양하게 아카네를 바라보았다.

"어때? 아카네."

"잘 그린 것…… 같네."

어쩐지 아카네의 표정은 떨떠름해 보였다.

"오빠와 시세는 계속 둘이서 놀았어. 창고에 체스와 간식을 가져와서 둘이서 대전한 적도 있어. 언제나 시세의 연승."

"연산 능력에 특화된 시세를 체스로 이길 수 있을 리가 없지. 그건 몇 수 앞까지 내다볼 수 있느냐 하는 승부잖아."
"하지만 오빠는 시세랑 어울려줘. 상냥해."
"싫다고 해도 네가 물고 늘어지니까."
이 여동생은 게임을 아주 좋아했는데 특히 사이토와 단둘이 경기하는 것을 좋아했다. CPU나 다른 사람을 상대로는 너무 약해서 아쉬웠을지도 모른다.
"둘 다 대화만 하지 말고 정리도 제대로 해야지. 이대로면 아무리 지나도 안 끝날 거야."
아카네가 기다리다 지친 기색으로 말했다.
주먹을 불끈 쥐고 분한 표정을 짓고 있다. 이건 사이토에게 시험에서 졌을 때의 얼굴이다. 오늘은 시험 같은 것은 보지 않았는데.
"일단 종류별로 나눠서 파손이 심한 물건이나 가치가 낮아 보이는 물건은 처분하게 창고 밖으로 내놓자."
"알았어."
앙증맞게 경례하는 시세이.
그들은 창고 안으로 퍼져 본격적으로 정리를 시작했다.
수북이 쌓여 있는 골동품의 양이 적지 않아서 과연 하루만에 끝낼 수 있을까 하는 생각이 들었다. 희귀본이라는 먹이에 낚여 버린 것은 실수였을지도 모른다.
아카네가 오래된 찻잔을 한 손으로 내밀었다.
"이건 더러우니까 버려도 되겠지?"

“16세기 외래 찻잔이군. 천만 엔 정도는 나가지 않을까?”
“천만……?!”
파랗게 질리는 아카네.
“그럼 이건? 뭔가 말랑말랑한데…… 나뭇가지인가?”
아카네가 마루에 뒹굴고 있는 붉은 가지를 가리켰다.
“적산호 원목이야. 액세서리 재료지. 이 크기면 500만 정도려나.”
“왜 이렇게 대충 놔둔 거야?!”
“할배는 실용성 없는 물건에 별로 가치를 느끼지 못하거든.”
사이토도 책과 비슷한 것에만 관심이 있었다.
피카트릭스나 아르마델 오의서나 오래된 마술서가 있으면 가져가려고 아까부터 찾고 있는데 좀처럼 보이지 않았다. 시대물 도자기나 다기가 많다. 그런 종류의 마니아들에게는 눈이 뒤집힐 만한 물건이긴 했다.
“꺄악?!”
“왜 그래?”
비명이 난 쪽으로 사이토가 눈길을 주니 아카네가 나무 상자를 가리키고 있었다.
바닥에 놓인 나무 상자 안에 잘린 팔이 들어 있다. 손은 이미 말라서 훈제 같은 색감을 띠고 있다. 팔에는 일본 종이가 감겨 있고 번져 나온 체액으로 인해 변색되어 있다.

"사, 사건이야……! 경찰을……."

아카네는 새파랗게 질린 얼굴로 몸을 웅크렸다.

"아~, 괜찮아. 그냥 요괴 손 미라야."

"요괴가 실재하는 거였어?!"

"잘은 모르겠지만 그건 요괴의 손이라고 전해지고 있어. 뭐든지 소원을 하나 들어준다나 뭐라나."

"뭐든지……?"

"대신 제물로 가족과 친족 열 명을 바쳐야 한다던데."

"대가가 너무 크지 않아?!"

나무 상자에서 몸을 떨어뜨리는 아카네.

"창고 어딘가에 요괴의 눈알도 있을걸. 그쪽은 친족을 백 명 바치면 나라를 지배할 수 있대. 본인의 육체를 탈취당하는 대신 적을 섬멸해 주는 요괴 그림 같은 것도 있었어."

"뭐야, 그 다채로운 요괴 굿즈는?!"

"할배는 그런 거 안 믿으니까 막 다루긴 하지만 일단 우리 집 가보야. 팔에 종이를 다시 감고 예쁘게 봉해서 잘 놔줘."

"싫어! 저런 걸 어떻게 만져!"

"위생 상태가 걱정되면 장갑을 쓰면 돼. 가져왔지?"

사이토가 묻자 루이가 아카네에게 장갑을 내밀었다.

"목장갑과 비닐장갑이 있는데 어떤 걸로 하시겠어요?"

"둘 다 싫어! 저주받을 거야!"

아카네는 기둥 뒤로 도망치며 어깨를 잔뜩 곤두세웠다. 겁에 질린 길고양이의 자세였다. 평소의 거만한 모습과는 달라 사랑스럽다.

저주 같은 비과학적인 것이 존재할 리가 없는데도 진지하게 겁을 먹는 저 반응은 신선했다. 사이토의 장난기가 발동했다.

"에비."

사이토는 요괴의 손이 든 나무상자를 집어 들고 아카네 쪽으로 다가갔다.

"……?! ……읏?! 으윽?!"

아카네는 빠르게 몸을 뒤로 젖히다가 엉덩방아를 찧고는 그대로 전속력으로 뒤로 물러났다. 창백하게 질린 얼굴로 영문을 모르겠다는 듯이 동요하고 있다.

"뭐뭐뭐뭐, 뭐하는 거야?!"

"아니…… 반응이 재미있어서……."

사이토는 흥분했다. 이렇게 가슴이 뛴 것은 10년을 기다린 모 미스터리 작가의 신간이 출간된 이후 처음이었다.

"재미있으면 사람을 죽여도 용서받을 수 있단 뜻이야?!"

"아무도 죽이지 않았잖아."

"죽을 거야! 쇼크사한다고!"

"그렇구나……. 하지만 내성을 기르기 위해서는 쇼크 요법도 필요하지!"

사이토는 나무상자를 안고 아카네에게 돌진했다.

전속력으로 도망치는 아카네.

뒤쫓는 사이토.

골동품이 가득 찬 창고 안이라 곧 퇴로가 사라지고 아카네는 벽 쪽으로 내몰렸다.

사이토가 겁 없는 미소를 지으며 바싹 다가갔다.

"자아…… 각오해. 창고 정리를 돕겠다고 한 건 아카네니까 책임지고 정리를……."

"그러게…… 그럼 우선 사이토를 먼저 정리해야겠네……."

"어?"

아카네가 근처에 있던 막대기를 움켜쥐었다. 아니 저건 막대기가 아니었다. 호조 가문에서 무로마치 시대부터 전해져왔다고 하는 백은의 창이다.

고개 숙인 아카네의 얼굴은 그늘져 있어 표정이 잘 보이지 않았지만, 그릇된 각오를 다졌다는 것만큼은 알 수 있었다.

사이토는 두 손을 들고 항복의 포즈를 취했다.

"좋아, 내가 잘못했어! 요괴의 손은 내가 맡을 테니까 작업으로 돌아가자! 진지하게 해볼까!"

"네가 먼저 시작했잖아~!"

아카네가 창을 휘두르며 달려들었다. 진심으로 맞힐 생각은 없는 것 같았지만 그것이 쓸데없이 창의 궤도를 엉망으로 만들어 더 위험했다.

루이가 싸늘한 어조로 말했다.

"두 분 다, 불장난은 그쯤하고 진지하게 해 주시겠어요?"

"부, 불장난 아니야! 서로 죽이려고 한 것뿐이야!"

"나는 죽일 생각은 없었는데……."

아카네의 얼굴이 달아올랐다.

"설마 불장난을 하려던 거였어?!"

"그쪽도 아니야!"

"사이토 님. 그런 일은 집에 가서 부부 침실에서나 해 주시겠어요?"

"오빠, 이런 데서까지 발정하지 마."

루이와 시세이의 시선이 사이토를 찔러왔다.

"완전히 오해라고!"

사이토가 호소했지만, 자신의 무고함을 믿어줄 아군은 어디에도 없었다. 가까스로 창을 내려놓은 아카네도 사이토를 경계하며 미묘하게 거리를 둔 채 안절부절못하고 있었다.

"아니야…… 난 안 했어…… 안 했다고……."

사이토는 탄식하면서 요괴의 손에 종이를 다시 감았다.

금으로 만든 벽시계를 벽가에 놓아둔 아카네가 한숨을 돌렸다.

창고에 모아둔 골동품이 어찌나 많은지 대규모 골동품 시장을 열어도 될 정도였다. 값비싼 물건이 대부분이라 조심해서 다뤄야한다는 것이 피로를 가중시켰다. 실수로 부숴버린다면 아카네의 삶은 파멸이다.

사이토 쪽을 바라보니 그는 시세이와 함께 접시 분류를 하고 있었다. 얼굴을 맞대고 열심히 접시 뒤의 낙관을 평가하고 있다.

이건 15세기의 물건이라는 둥, 이 특징은 위작이라든 둥, 전문 감정사가 울고 갈 만한 안목이었다. 사이토의 지식수준을 어렵지 않게 따라갈 수 있는 것은 시세이 정도일 것이다.

——그건 그렇고 정말 사이좋네…….

연인처럼 밀착된 사이토와 시세이의 모습에 아카네는 어딘가 답답해지는 것을 느꼈다. 얼마 전까지만 해도 이 감각이 무엇인지 몰랐지만, 이제는 안다.

자신은 시세이를 질투하고 있다.

친남매처럼 자라온 두 사람이라고는 하지만 사이토와 시세이의 거리는 너무 가깝다. 접시를 건네줄 때 손은 평범하게 닿고 있고 선반 높은 곳에서 접시를 집을 때 사이토는 시세이의 몸을 안아 들어 올려 주었다.

보다 못한 아카네가 두 사람에게 말을 걸려고 하는데, 메이드 운전사가 아카네의 옆을 지나갔다. 그리고는 아카네의 귓가에 속삭였다.

"……아카네 님. 잠시 할 얘기가 있는데 연못까지 와 주시겠습니까?"

"어? 으응……."

짐작이 가지 않아 아카네는 고개를 갸우뚱했다.

메이드 운전사는 가끔 외출할 때 신세를 지고 있을 것 정도로 특별한 접점은 없다.

아카네는 창고를 나와 저택 부지를 따라 걸었다.

개인의 소유라고는 생각되지 않는 훌륭한 일본 정원. 소나무 가지는 아름답게 깎여 있고, 석등에는 이끼가 끼어 있다. 흐르는 개울에는 나무다리가 놓여 있고 비단잉어가 튀어 오르며 비말을 반짝이고 있었다.

도시에서 벗어나 녹음이 우거진 산중에 자리한 저택의 정원은 자칫 다른 시대가 아닌가 착각할 정도로 공기가 맑았다. 사용인들의 마중과 호화로운 인테리어에 압도된 아카네지만, 정원의 분위기는 싫지 않았다.

개울을 따라 연못에 도착하자 물가에 메이드 운전사가 서 있었다. 아카네 쪽에 등을 돌리고 있다.

"기다렸지……."

말문을 연 아카네는 뒤돌아본 메이드 운전사의 얼굴을 보고 흠칫 놀랐다.

그 얼굴 위로 요괴 가면이 덮여 있었다. 유치원 콩 뿌리기 행사에서 사용하는 것 같은 장난스러운 얼굴이 아니다.
눈초리는 치켜올리고 찢어진 입가 사이로 송곳니가 들여다보이는 입체적이고 사실적인 조형. 요괴라기보다는 반야(般若)에 가까웠다. 도장은 빛이 바래고 나무에는 균열이 가 있어 꽤 오래된 물건으로 보였다.
메이드복에 요괴 가면이라는 언밸런스함이 묘한 기백을 풍기고 있다. 말을 거는 것조차 망설여졌으나 와 버린 이상 돌아갈 수도 없었다.
"저, 저기…… 운전기사, 맞지?"
아카네가 묻자 메이드 기사가 대답했다.
"제 이름은 호조 루이. 운전사뿐만 아니라 메이드, 호위, 감시역 등 시세이 님의 시중 전반을 담당하고 있습니다."
"호조……? 사이토와 시세이 씨의 친척이야?"
"먼 인연입니다. 호조 가문의 재능도 아주 약간 이어받았지만, 본가 분들에 비하면 저 같은 것은 티끌이나 다름없습니다. 재주 없는 자는 비록 성이 같더라도 호조 가문에는 불필요한 존재입니다."
그렇긴 해도 그렇게 미친 듯이 운전해도 사고 하나 내지 않으니 보통 사람과는 비교할 수 없는 재능이 아닐까, 하고 아카네는 생각했다.
"하지만 이해가 갔어."
"뭐가요?"

"루이 씨와 시세이 씨의 관계. 전부터 완전히 일 상대라는 느낌이 아니라 뭔가 자매 같다고 생각했거든."

마치 아카네와 마호처럼.

"……저는 단순한 사용인입니다."

루이가 고개를 숙이고 중얼거렸다.

거기에 어떤 감정이 담겨 있는지 아카네는 알 수 없다. 루이와 시세이 사이에는 뭔가 넘을 수 없는 벽이 있는 것일까?

"그 가면, 창고에서 가져온 거야? 정말 요괴 용품만 가득하네. 차라리 귀여운 고양이용품이라도 모아두지."

"호조 가문의 조상은 요괴니까요."

"요괴……?"

판타지스러운 이야기가 나오자 아카네는 눈을 동그랗게 떴다.

"오에야마의 요괴 퇴치로 유명한 미나모토노 요리미츠가 토벌한 요괴 중 한 명이 집안의 시조였다고 전해집니다. 다른 요괴들과는 달리 호조 가문의 시조는 요리미츠가 죽이지 않고 자신의 집에 들여 분노를 달래주고 항복시켰다더군요."

"요괴가 외로워서 날뛰었다는 거야?"

"모르겠습니다. 시시한 전설이니까요. 요괴 같은 것이 실재할 리 없으니 기이한 재주를 가진 인물을 요괴라 부르며 두려워한 것뿐이겠죠."

"……사이토 같네."

반에서 사이토는 붕 떠 있었다. 아카네처럼 성격이 나쁜 것도 아니고 교류 능력이 없는 것도 아닌데. 그것은 그의 재능이 두드러진 탓이다.

부동의 학년 1등, 할아버지는 대기업가, 곁에는 절세 미소녀 시세이가 있다면 다른 세계 사람이라며 경원시해도 어쩔 수 없는 일이다.

"그렇죠, 사이토 님은 호조 가문 안에서도 특이한 존재입니다. 태어날 때부터 사이토 님은 마치 요괴처럼 월등한 재능만을 갖고 계셨습니다. 부모님의 보살핌을 받지 못하고, 어리석은 백성들의 두려움을 받던 사이토 님께 다가갔던 것은 시세이 님뿐이었죠. 줄곧, 시세이 님뿐이었습니다."

루이는 곱씹듯이 되풀이했다.

"고독한 재능은 폭주하기 마련. 하지만 사이토 님이 요괴가 되지 않은 것은 시세이 님이 계셨기 때문입니다. 옛날부터 시세이 님은 사이토 님의 마음을 구원하고 건강에도 신경을 써주며 늘 지탱해 주셨습니다. 시세이 님이 잘 드시게 된 것도 사이토 님을 위한 것입니다."

"사이토를 위해……? 어째서?"

본인이 먹고 싶어서 그런 게 아닌 건가?

"혼자 있으면 식욕이 없어 설탕만 먹는 사이토 님 때문에 저택의 식사와 별도로 함께 식사해 주셨습니다. 그것을 반복하다 보니 왕성할 정도로 드시게 된 것이죠. 원래는 시세이 님도 체격에 맞게 드시는 소식가셨습니다."

"시세이 씨는 정말 사이토를 소중히 여기고 있구나."

"네. 그러니……."

루이가 요괴의 탈을 벗었다.

얼굴 밑에서 나타난 것은 요괴보다도 더 차갑고 원망스러운 얼굴.

적의에 찬 아름다운 얼굴이 아카네의 눈앞에 다가와 속삭였다.

"……사이토 님과 헤어져 주시겠습니까?"

"……!"

아카네는 얼음장 같은 무언가가 와닿는 느낌을 받았다.

해가 저물고 사이토 일행은 본가의 방에 모여 있었다.

책상을 둘러싸고 있는 것은 당주인 텐류, 사이토, 아카네, 시세이, 레이코 다섯 명. 이전 친척의 고희를 축하했던 대연회와는 달리 내밀한 가족 간의 식사 모임이다.

결이 고운 흑단으로 된 상 위에는 호화로운 가이세키 요리가 놓여 있다. 전속 요리사가 솜씨를 발휘한 전채에 시중에는 유통되지 않는 고급 생선회, 꽃처럼 튀긴 튀김 등 다채로운 요리가 가득하다.

레이코가 미소 지었다.

"시세이도 사이토 군도 정리하느라 고생했구나. 아버님 고집에 어울리느라 힘들었지?"

"손자가 할아버지 명령을 따르는 건 당연한 일이지. 보수도 확실하게 준비해뒀으니 말이야. 자, 일단 먹자."

텐류가 기분 좋게 술잔을 들었다.

"창고 정리는 아카네랑 루이도 열심히 했는데."

사이토는 지적하지 않을 수 없었다.

"맞다, 그랬지. 너, 혹시 창고에 있는 골동품을 멋대로 빼돌린 건 아니겠지?"

레이코가 아카네를 탐색하는 듯한 시선을 보냈다.

"그, 그렇지 않아요!"

"정말? 서민들에게는 자극이 좀 강한 장소잖니. 욕망에 져버렸다 해도 부끄러워할 일은 아니야. 지금이라면 용서해 줄 테니까."

"저는…… 도둑질 따위……."

분한 얼굴로 고개를 숙이는 아카네.

사이토는 당황스러웠다.

레이코는 기본적으로 상냥한 사람이지만 가문 외부의 인간에 대해서는 엄격한 면이 있다. 아니, 이는 호조 가문의 어른들에게 공통된 태도일지도 모른다. 신분 의식이 강하기 때문에 사용인인 루이조차 연회에 참석하지 못한다.

"고모. 아카네는 바보같이 고지식한 녀석이야. 그런 교활한 짓은 절대 안 해."

"사이토……."

아카네가 눈을 깜박였다.

레이코가 점잖게 손바닥으로 입을 가린다.

"어머나, 뜨거워라. 이래서야 내가 마치 심술궂은 시어머니 같잖니."

"지금 이건 누가 봐도 그런 느낌이었잖아."

"농담 좀 한 거야. 차기 당주의 아내라면 곧 집안의 모든 것을 손에 넣을 텐데 경솔하게 굴 필요는 없잖니?"

"난 그렇게 금방 안 죽는다."

텐류가 씁쓸하게 웃었다.

"너희들, 정리의 보상으로 갖고 싶은 물건은 정했냐?"

"난 아직. 창고의 4분의 1도 못 봤으니까. 더 좋은 물건을 찾으면 아쉬울 테고."

사이토는 아직도 마술 서적을 발견할지도 모른다는 희망을 버리지 않았다. 귀중한 고문서가 쓰레기통에서 발견되었다는 일화도 있으니 가능성은 제로가 아니다.

"시세는 이거."

시세이는 나무상자에 든 요괴 손을 내밀었다.

"뭐, 뭘 갖고 온 거야?!"

"식사 중에 내놓지 마!"

흠칫 놀라는 아카네와 사이토.

“이거 이거, 그리운 물건을 가져왔구나. 제물을 바쳐서 소원이라도 빌 셈이냐?”

“안 해. 맛있을 것 같다고 생각했을 뿐이야.”

시세이가 침을 흘렸다.

텐류는 눈살을 찌푸렸다.

“아무리 위장이 튼튼해도 요괴의 손은 안 먹는 편이 나아.”

“유통기한이 지났으니까?”

“먹을 것이 아니니까.”

“그럼 리본을 걸어서 방에 장식해 놓을게.”

“그럼 됐다.”

“와~.”

요괴의 손을 들고 기뻐하는 시세이.

“그걸로 된 건가…….”

어이없어하는 사이토. 아무리 그래도 호조 가문의 가보인데 그렇게 막 다뤄도 되는 건지 알 수 없는 노릇이다. 조상이 들었다면 뒷목을 잡았을 일이다.

텐류가 아카네를 보았다.

“너는? 뭘 원하지?”

아카네가 황급히 손을 저었다.

“저, 저는 괜찮아요! 늘 할아버님께 생활비도 받고 있고, 이 이상 신세를 질 수는 없어요…….”

"내 명령으로 둘이 살게 하고 있으니 생활비를 보장하는 건 당연하지. 그건 그거고 이건 이거다. 현금을 원한다면 그것도 상관없어."

"현금은 좀…… 너무 직접적이라……."

멈칫하는 아카네.

텐류가 잘라 말했다.

"사양하지 마라. 돈이라면 얼마든지 있으니까."

"전 세계의 '한 번쯤 해보고 싶은 대사 랭킹 1위'로군……."

사이토는 회 접시에서 자바리회를 집어 입에 넣었다. 항구에서 갓 잡은 생선처럼 신선하고 씹히는 흰살에서는 희미하게 단맛이 났다.

"어떠냐, 맛있냐?"

텐류가 묻자 사이토가 고개를 끄덕였다.

"괜찮네. 아카네 요리가 더 맛있긴 하지만."

아카네가 뺨을 붉혔다.

"사, 사이토?! 그런 과장이 어딨어! 이런 진수성찬에 비하면 내 요리는 너무 평범하잖아!"

사이토가 망설임 없이 단언했다.

"아니, 아카네 요리는 진짜로 맛있어. 가이세키 요리는 자주 먹으면 물리는데 아카네 요리는 매일 먹어도 질리지 않아. 왜 그렇게 맛있는지 계속 생각하고 있긴 한데, 도무지 모르겠어."

"하, 하여간……."

아카네는 김이 날 정도로 새빨갛게 달아오른 채 몸을 작게 움츠렸다.

"혹시 중독성 강한 버섯이라도 넣었나?"

"안 넣었어! 절대!"

"그렇게 필사적으로 부정한다는 건…… 역시."

"역시라니 뭐야!"

젓가락을 무기처럼 들어 올리는 아카네, 하지만 덮쳐오진 않는다.

아무리 그녀라도 친족이 모여 있는 자리에서는 자중하는 것일까. 애초에 자중이라는 것이 가능했던 건가? 훌륭하구나, 아카네. 사이토는 그런 식으로 감탄하고 있었다.

킬킬거리며 텐류가 웃었다.

"부부 사이가 좋아 보여서 다행이군."

"좋지는 않아."

사이토는 즉각 부정했지만, 아카네는 "에헤헤……" 하며 수줍어했다. 평소와 반응이 다르다.

"야, 너도 확실히 부정해."

"어? 아아……."

몹시 싫다는 얼굴이었다. 아카네의 생각을 사이토는 읽을 수 없었다. 그렇게나 싸워댔는데 사이가 좋을 리가 없지 않나.

"사이토가 내 양자가 된다고 한다면 창고 안의 내용물은 통째로 넘겨줄 수도 있다만? 해야 할 일이 있으니 회사는 아직 넘길 수 없지만, 낡은 잡동사니는 필요 없으니까."

"또 그 얘기야? 할배의 양자가 되는 것만은 싫다고 매번 얘기했잖아."

"그래, 아버지. 사이토는 우리 집 양자가 될 예정이거든."

"그럴 예정도 없어!"

레이코의 말을 사이토는 즉시 정정했다.

텐류가 레이코를 노려보았다.

"다음 대의 당주가 방계의 양자가 되는 건 도리에 맞지 않지."

"아버님의 수하가 되는 것보다 우리 집에 오는 편이 행복하지 않겠어?"

맞받아치는 레이코.

할아버지와 고모 사이에 격렬한 불꽃이 튀었다.

"말리지 않아도 괜찮아……?"

아카네가 시세이에게 작은 소리로 물었다.

"괜찮아. 엄마랑 할아버지는 옛날부터 오빠의 친권을 둘러싸고 싸우고 있어. 엄마가 화가 나서 할아버지 회사에 쿠데타를 일으킨 적도 있어."

"정말 괜찮은 거 맞아……?"

결국 레이코가 텐류를 호조 그룹에서 추방할 수는 없으

니 오히려 텐류의 지배만 강해졌을 뿐이었지만. 그런 일이 있어도 텐류와 레이코가 인연을 끊지 않는 것을 보면 서로 마냥 미워하는 것은 아닌 것 같았다.

레이코가 아카네에게 화살을 돌렸다.

"거기 너도. 사이토가 우리 집 양자가 되는 게 좋다고 생각하지? 안 그러니?"

"그건……."

말문이 막힌 아카네.

"응원해준다면 네가 의대에 가기 위한 학비는 내가 대신 내줄 수도 있는데?"

"어……."

눈이 휘둥그레지는 아카네의 모습에 레이코가 피식 웃었다.

"그럼 너도 사이토 군과의 결혼 놀이를 계속하지 않아도 되잖니?"

"레이코, 적당히 해라."

텐류가 얼굴을 굳혔다

레이코는 개의치 않고 아카네에게 전했다.

"잘 생각해봐. 너는 자유롭게 살 수 있어."

사치스러운 저녁 식사가 끝났다.

하지만 음식이 정리되자마자 이번에는 과일이나 케이크

같은 디저트가 산더미처럼 나와 아카네는 눈이 핑핑 돌았다. 도저히 다 먹을 수 없을 것 같았지만 나온 이상 남길 수는 없었다. 자신에게 개별 접시가 오지 않기만을 기도하는 수밖에 없었다.

시세이는 다람쥐처럼 두 손으로 멜론을 움켜쥐고 갉아먹고 있었다.

"게임하면서 놀자. 할아버지 사용인들이 새 게임 사놨을 거야."

레이코가 제안했다.

"난 비디오 게임을 못하니까 그건 빼자. 모처럼 아버님도 사이토 군도 있으니 오랜만에 '뇌속 체스'는 어때?"

"……?"

아카네는 들어본 적도 없는 게임이었다.

"난 안 한다. 내일도 회사 일이 있어."

"벌써 졸려? 아버지도 이제 늙었네."

"늙지 않았어."

떨떠름한 표정을 짓는 텐류.

레이코가 두 손을 모았다.

"그럼, 사이토 군과 내가 A팀. 시세이가 B팀, 괜찮지?"

시세이가 레이코의 소매를 쿡쿡 찔렀다.

"엄마. 시세가 팀이 아니야. 둘이 하는 건 비겁해."

"무슨 소리야? 두 사람이 덤벼도 시세이를 이기기는 힘들잖아."

"그건 그래. 시세는 천재."

가슴을 펴는 시세이.

이 아이는 정말 사이토의 여동생이구나, 하고 아카네는 새삼 느낀다. 재능이 월등한 것은 물론 그 재능을 겸손해 하지 않는 것이 사이토와 꼭 닮았다.

레이코가 아카네를 향해 미소 지었다.

"뇌속 체스, 너도 참가할래? 실제 체스판 없이 말을 기억해서 뇌 속에서 노는 게임이야."

"아뇨……. 전 빠질게요."

체스 규칙도 잘 모르는데 그 말을 다 외울 수 있을 것 같지도 않았다. 보드 칸도 64칸 정도는 됐을 것이다.

게다가…… 레이코가 진심으로 권유한 것이 아니라는 것은 둔감한 아카네도 알 수 있었다. 뇌속 체스를 제안한 것도 방해꾼인 아카네를 쫓아내려는 목적이 빤히 보였다.

——왜 이렇게 미움을 받는 걸까…….

아카네는 의아해하며 방을 나갔다.

바깥 복도 가장자리에 걸터앉아 작게 숨을 내쉬었다.

창고 정리로 몸은 고단하고 신경은 극도로 피곤했다. 아직 하루밖에 지나지 않았는데 사흘은 지난 느낌이었다. 그만큼 오늘 하루가 길었다.

하지만 바깥 복도에서 바라보는 밤의 정원은 아름다웠다.

달빛이 쏟아지는 검은 연못. 가끔 비말이 튀며 깊은 물에 파문을 일으킨다.

시원하고 맑은 공기 속, 맑은 정적을 타고 녹음의 향기가 풍겨왔다.

잠깐의 휴식에 아카네가 편안함을 느끼는데 뒤에서 목소리가 들려왔다.

“피곤하냐?”

“?!”

뒤돌아보니 텐류가 옷소매에 손을 넣고 서 있었다. 묵묵히 서 있는 모습에도 날카로움이 있었다. 바위를 연상시키는 엄격한 외모와 어우러지니 조용한 박진감이 풍겨왔다.

“네…… 조금.”

“그렇군.”

그냥 지나칠 줄 알았던 텐류는 그대로 아카네의 옆에 걸터앉았다.

——어째서?!

아카네는 긴장했다.

상대는 호조 가문의 당주. 그 냉혹하고 무자비한 독재자의 면모에 대해서는 사이토에게 들은 적이 있었다. 옛 간부들을 피도 눈물도 없이 쫓아냈다든가, 돈의 힘으로 경쟁사를 무너뜨리고 수천 명의 직원을 길거리로 내몰았다든가.

그런 텐류의 눈에 들게 된다면 일개 고등학생 따위는 손쉽게 짓밟히고 말 것이다. 분명 다음 날 아침 납작해진 아카네가 연못에 떠 있는 것을 모두가 발견하겠지.

몸을 굳히고 경계하는 아카네.

"어떠냐, 사이토와는 잘 지내고 있냐?"

텐류의 입에서 나온 것은 지극히 평범한…… 보통의 할아버지다운 말이었다.

아카네는 의외라고 생각하면서도 대답했다.

"그럭저럭요. 자주 싸우긴 하지만 최근에는 제대로 화해도 하고 있어요."

"좋은 일이군. 나랑 치요 씨도 예전에는 싸우기만 했는데, 지금은 사이좋게 지내고 있다. 여기까지 오는 데 50년이 걸렸지."

"50년……."

"늦었다고 생각하나? 하지만 설령 수백 년이 걸리더라도 이렇게 되었다는 것에 의미가 있지. 소원을 이루지 못하고 인생을 마감하는 것만큼 허망한 것은 없으니까."

텐류는 어깨를 들썩였다.

"그건 알아요. 저도 꼭 꿈은 이룰 생각이거든요."

그 때문에 조부모의 억지에 무리한 결혼까지 받아들인 것이다.

텐류가 물었다.

"사이토는 제대로 식사하고 있나?"

"네, 제대로 먹이고 있어요. 그냥 내버려두면 금방 컵라면이나 과자만 먹으니까요."

"목욕은 잘하고 있고?"

"빼먹으려고 하면 화내면서 집어넣고 있어요."

"학교에서 친구는 생겼고?"

"전혀요."

뭐지, 이 대화는?

차가운 독재자라는 이미지가 아카네 속에서 소리를 내며 무너져 갔다.

텐류는 사이토를 걱정하고 있었다. 사이토와 마주할 때는 위압적인 언동이 두드러지지만, 사실은 손자로서 소중히 아끼고 있었다.

이런 질문은 아카네에게 묻는 것보다 사이토에게 직접 물어보는 편이 나을 텐데. 그러는 편이 사이토에게 마음이 더 잘 전해질 텐데. 그렇게 생각한 아카네지만 자신이 남 말 할 처지는 아니었다. 사이토 앞에서 솔직하지 못한 것은 아카네도 마찬가지였다.

텐류가 세운 무릎 위에서 두 손을 맞잡고 어두운 수면을 내려다보았다.

"……그 녀석은. 호조 가문이 시작된 이래 다시없을 천재지만, 딱 하나 부족한 것이 있다."

"부족한 것이라뇨……?"

아카네가 눈썹을 들어 올렸다.

"그것을 얻지 못하면 회사라는 수만 개의 패밀리는 이끌 수 없어. 네가 그걸 채워줄 수 있을지도 모르겠구나."

"잘…… 모르겠어요. 사이토가 뭐에 굶주려 있는지 안다면 할아버님께서 메워주시는 편이 좋지 않을까요?"

"무리다. 그 녀석은 날 싫어하니까."

쓴웃음을 짓는 텐류.

"단순히 싫어하는 것만은 아니라고 생각해요. 정말 싫으면 무시하면 되니까요. 하지만 무시할 수 없으니까 싸우는 거예요. 밀어내도 사라지지 않을 관계라는 걸 알고 있고, 신뢰하기 때문에 반항할 수 있는 거예요."

부모를 대하는 사이토의 싸늘한 태도와 텐류를 대하는 태도는 완전히 달랐다. 텐류와 싸울 때의 사이토에겐 숨길 수 없는 색이, 감정이 담겨 있었다.

"무시할 수 없으니까 싸운다? 네 이야기인가?"

"윽…… 그렇기도 하죠."

아카네가 마지못해 대답했다.

"일단은 부부 생활이 순탄히 흘러가는 것 같아 다행이구나."

텐류가 일어섰다.

"……결국은 너희 둘의 의사에 달려 있지만 말이지."

"무슨 뜻인가요?"

아카네가 고개를 갸우뚱했지만 텐류는 대답하지 않고 떠났다.

오늘 밤은 늦었으니 자고 가라.

텐류에게 그런 말을 듣고 사이토와 아카네는 목욕을 마치고 방으로 들어갔다.

각종 게임기와 책들이 즐비한 방. 더블 침대 맞은편에는 대형 벽걸이 텔레비전까지 설치되어 나태한 인간으로 살아갈 수 있는 모든 것이 갖춰져 있었다.

아카네가 맨발 발끝으로 서서 책장을 바라보았다.

"네가 좋아할 만한 책들이 잔뜩 있네……. 여기, 손님방 아니지?"

"본가에 있는 내 방이야. 옆은 시세의 방."

"손자에게 전용 방까지 마련해 주다니 좋은 할아버지네."

"방도 돈도 남아도는 것뿐이겠지."

사이토는 소파에 앉았다.

"정말 그것뿐일까……?"

아카네는 납득이 가지 않는 얼굴로 침대 가장자리에 걸터앉았다.

시트 위에서 아카네의 손가락이 방황하고 있고, 목욕 후의 허벅지는 서로 맞닿아 있다. 사용인이 준비한 잠옷은 반바지라서 그런지 평소보다 더 드러나 있는 허벅지가 눈이 부셨다.

집에서는 익숙해졌다고 생각했던 아카네의 사적인 모습도 다른 곳에서 보니 또 결이 달랐다. 새삼 여자아이와 함께 자고 있다는 실감이 든 사이토는 긴장했다.

“집 밖에서까지 같이 자는 건 결혼 조건에 들어 있지 않으니까 침대는 아카네가 써. 나는 바닥에서 잘게.”

“어? 괜찮아. 이제 와서 왜.”

“몸에 닿았다가 손가락이 부러져도 곤란하고…….”

“안 부러뜨릴 거야!”

“전에 부러뜨린다고 했었잖아.”

결혼 첫날밤의 기억(첫날밤이라고 해도 로맨틱은 한 톨도 없었다)이 사이토의 뇌리에 되살아났다.

“아, 그때는 좀…… 그래! 입이 미끄러진 것뿐이야!”

“입이 미끄러졌다면 본심이잖아!”

“본심 아니야! 그렇게 바닥에서 자고 싶으면 자! 한밤중에 잠이 덜 깨서 짓밟을지도 모르지만! 갈비뼈라든가!”

“갈비뼈를 부술 기세로 걷지 마! 맹수냐!”

“됐으니까 이리 와서 얼른 자!”

아카네가 침대를 탕탕 치며 명령했다.

갈비뼈가 부러지는 것보단 손가락이 부러지는 편이 낫다. 그렇게 판단한 사이토는 얌전히 침대에 누웠다.

아카네가 조명을 끄고 꼼지락대며 이불 속으로 들어왔다.

결혼 첫날밤에는 피자를 같이 먹는 것조차 거절하던 그녀가 먼저 나서서 침대를 권하다니 장족의 발전이다. 조금은 받아들인 것일까. 그렇게 생각하면서 사이토가 옆의 아카네를 보자,

아카네는 사이토 쪽으로 몸을 돌린 채 팔에 얼굴을 얹고 사이토를 물끄러미 바라보고 있었다. 그 표정은 부드럽고, 눈빛은 가늘어서 사이토는 흠칫 놀랐다. 이런 아카네를 보는 것은 처음이었다.

그러나 이내 아카네가 얼굴을 찡그렸다.

"뭐, 뭐야? 뭐 불만 있어?"

"불만은 없지만……."

좀 더 아까 그 표정을 보고 싶었던 사이토.

자신이 잘못 본 것일까, 아니면 피로가 불러온 환상일까? 항상 그 표정의 아카네와 살 수 있다면 사이토는 무엇이든 해낼 수 있을지도 모른다.

"오늘은 여러모로 미안했어. 아카네까지 우리 집 일에 어울리게 해서. 고모도 유난히 기분이 안 좋아 보였고, 많이 불편했지?"

"딱히 신경 안 써. 따라온 덕분에 사이토에 대해 많이 알 수 있었고, 많이 들을 수 있었으니까."

"뭘 들었는데?"

"후후…… 비밀."

아카네는 장난스럽게 웃었다.

가슴속이 두근거리는 듯한, 욱신거리는 듯한 답답함에 사이토는 몸을 뒤척였다. 한 이불 속에 누워 있는 그녀의 존재가 참을 수 없을 정도로 뜨거웠다.

——아카네는…… 나에 대해 알고 싶은 걸까.

그것은 사이토도 마찬가지다.

아카네가 고열이 나서 드러누웠을 때, 사이토는 그녀를 병원까지 옮기면서 생각했다. 아카네에 대해 더 알고 싶다고. 좀처럼 본모습을 드러내지 않는 그녀의 속을 더 알아보고 싶다고.

기쁜데도, 같은 소망을 품고 있다는 것이 묘하게 부끄러웠다.

멋쩍음을 얼버무리듯 사이토가 투덜거렸다.

"……할배의 횡포에는 정말 질렸어. 창고 정리뿐이라면 몰라도 밥을 먹고 가라는 둥, 묵고 가라는 둥, 순 자기 멋대로야."

"사이토 할아버님, 그렇게 나쁜 분 같지는 않던데."

"아무리 봐도 극악인이잖아."

호조 가문의 조상들은 요괴라고 전해지지만, 텐류의 악랄한 얼굴을 보고 있노라면 황당한 전설조차 납득할 수 있을 것 같았다.

"나쁜 사람처럼 보이지만 속은 나쁘지 않다는 느낌이랄까. 사이토를 생각해 주고 계시고."

"아니, 아니, 할배는 자기 생각밖에 안 해. 재미있을 것 같다는 이유만으로 지구를 폭발시키는 게 호조 텐류라는 독재자다."

그렇지 않고서야 손자에게 결혼을 밀어붙이고 즐기는 악질적인 짓을 할 리가 없다. 분명 텐류에게 있어 세상은 장난감인 것이다.

"네 할아버지인데 그렇게 나쁘게 말하면 안 되지."

"실제로 나쁜 양반이니까……."

아카네가 미간을 찌푸렸다.

"그 사고방식이 이상해. 좀 더 사이좋게 지낼 수 있잖아. 가끔 어깨를 주물러 준다거나."

"그런 징그러운 짓을 어떻게 해!"

사이토는 질겁했다.

"징그럽지 않아. 아니면 귀를 파주는 것도 좋고."

"귀를…… 파줘……?"

사이토는 피를 토할 뻔했다.

"아니면 '할아버지 너무 좋아!'라면서 애교를 부린다거나."

"아아아아아아아아아!"

사이토는 귀를 막았다. 온몸에 소름이 돋았다.

"사이토?! 왜 그래?! 이웃에 민폐잖아?!"

아카네가 황급히 사이토를 붙잡았다.

"왜 할배 편을 들어?! 뇌물로 딸기 농원이라도 받았냐?!"

"안 받았어! 하필 왜 딸기 농원인데?!"

"네가 제일 갖고 싶은 거잖아!"

"그, 그렇게까지 갖고 싶진 않아! 바보 취급하지 마!"

침이 고일 뻔했는지 아카네가 입가를 눌렀다.

그 아이 같은 반응에 사이토는 웃음을 터뜨리고 말았다.

"……고마워."

"뭐가?"

어리둥절한 아카네

"그렇게, 발끈해줘서."

"발끈한 적 없어!"

실시간으로 발끈하고 있다.

"나 말이야, 거의 혼난 적이 없거든."

"부모님한테……?"

아카네가 주저하며 물었다.

사이토가 냉소적으로 웃었다.

"부모도 그렇고, 학교 교사도 그렇고, 반 친구들도. 아무도 나를 책망하지도 않고 겨루려고 하지도 않았어. 수업 중에 책을 읽어도 주의를 받지 않았지. 시험 점수로 경쟁하는 녀석들도 나에게는 점수를 묻지 않았어."

"뭐…… 그렇겠지……."

"누구의 눈에도 나는 보이지 않았어. 내가 투명한 걸까, 아니면 아이들이 투명한 걸까, 어느 쪽일까?"

그렇게 묻는 사이토의 모습에 아카네가 입을 다물었다. 베개 위에 있는 그녀의 손이 꽉 쥐어졌다.

이런 말을 하다니, 나답지 않은데…… 왜 멈출 수가 없는 걸까.

분명 졸려서 그럴 것이다. 너무 피곤한 나머지 머리가 제대로 작동하지 않아서 그런 것이리라.

"하지만 아카네는 나한테 소리쳐줘. 나와 맞서줘. 내가 틀렸다고 생각하면 가차 없이 꾸짖어줘. 너는 항상, 나를 봐줘."

"……그건 ……니까."

아카네가 사그라질 듯한 목소리로 속삭였다.

"뭐?"

"아, 아무것도 아니야!"

캄캄한 어둠 속에서도 알 수 있을 정도로 얼굴을 붉힌 채 수줍은 듯 시선을 피한다.

몸속을 간지럽히는 달콤한 공기가 두 사람이 누운 이불 속에 가득 차 있다.

"……지금 한 말은 잠꼬대야. 잊어줘."

이글거리는 뺨의 열기에 사이토는 아카네를 외면했다.

사이토가 눈을 뜨자 천장의 조명등이 시야에 들어왔다.

본가의 저택에 사용되는 고급 목재 냄새. 익숙한 냄새지만 오늘은 새콤달콤한 냄새도 섞여 있다.

사이토의 옆에서는 아카네가 희미한 숨소리를 내고 있었다. 여전히 자고 있을 때는 독기가 빠져서 귀엽다. 사이토의 잠옷 셔츠를 꼭 잡고 있는 천진한 모습은 다른 사람인가 의심될 정도였다.

사이토는 자기도 모르게 아카네의 뺨에 손을 댈 뻔하다가, 바로 직전에 손을 움츠렸다.

——내가 지금 뭘 하는 거지?

이렇게 잠결에 덮치는 듯한 짓을 했다간 아카네에게 손가락이 부러져도 할 말이 없었다.

잠들기 전의 분위기가 너무 달콤해서 정신이 나간 것일지도 모른다. 밖에서 머리를 식혀야 할 것 같았다.

사이토는 아카네의 손가락을 옷자락에서 조심스레 떼어내고 침대에서 내려왔다. 아카네가 깨지 않도록 발소리를 죽이고 방을 나섰다.

바깥 복도 가장자리에 시세이가 앉아 있었다.

하얀 나이트 드레스를 입고 조용히 밤하늘을 올려다본다.

밝은 달에 비친 은발이 크리스털처럼 반짝였다.

신비롭게도 순백색의 피부는 희미한 빛마저 띠고 있는 것 같았다.

그 모습은 마치 달의 여신이었다.

"일어나 있었어?"

"……오빠."

사이토가 말을 걸자 시세이가 돌아섰다.

"달이 눈부셔서 깼어. 예쁘다."

"그러게, 예쁘네."

사이토는 시세이와 나란히 쪽빛의 하늘을 올려다보았다.

옛날부터 본가에 묵었을 때 두 사람은 밤하늘을 자주 바라보았다. 사이토의 친가가 있는 도심지와는 달리 본가의 저택은 산속에 있어서 별들을 보기에 안성맞춤이었다.

사이토가 책에서 조사한 별의 이름이나 별자리 전설, 각 별까지의 거리 등 다양한 이야기를 꺼내면 시세이는 지루한 내색도 하지 않고 귀를 기울여 주었다.

"오빠, 달을 갖고 싶다고 시세가 울면 오빠는 달을 훔쳐 올 수 있어?"

"무모한 소리 하지 마."

"무모한 소리를 한다면."

"종이로 된 달은 가능하지."

"그래도 좋아. 시세는 달을 원해."

시세이가 사이토에게 어깨를 기댄다. 서늘한 은발이 사이토의 몸에 미끄러지듯 흘러내렸다.

졸인 꿀보다도 짙은 밤기운이 희미해지고 청명한 아침

기운이 다가오고 있었지만, 아직 일출은 요원했다.

"안 자?"

"안 졸려. 오빠랑 놀고 싶어."

"아카네가 자고 있으니까 내 방에서는 게임을 못 하는데."

"산책하고 싶어. 오랜만에 거기에 가고 싶어."

"거기 말이지……."

초등학교 때 시세이와 둘이서 열심히 놀았던 장소. 이미 오랫동안 찾아가지 않았는데 지금은 어떻게 됐을까? 사이토는 좀 궁금했다.

사이토와 시세이는 방으로 돌아와 잠옷에서 평상복으로 갈아입고 저택 뒷문으로 출발했다.

둘이 함께 길이라고도 부르기 힘든 산길을 걸어갔다.

바닥에는 낙엽이 오랜 세월에 걸쳐 쌓여 있는 탓에 밟을 때마다 경쾌한 소리를 냈다. 잘게 부서진 낙엽 위로 새로운 낙엽이 겹쳐지며 쿠션처럼 부드러운 감촉을 주고 있었다.

밤이슬에 젖은 나무의 겉껍질에는 반질반질한 딱정벌레들이 모여 있었다. 사이토가 스마트폰 불빛으로 비추자 몇몇 벌레들이 불을 피하듯이 날아갔다.

"분명…… 이 근처에 계단이 있었을 텐데…… 풀투성이네."

"오빠, 오빠, 이쪽."

수풀 사이에 숨겨진 돌계단을 발견한 두 사람이 조심스럽게 내려갔다.

낡은 돌계단은 닳은 데다 이끼가 끼어서 미끄러웠다. 자칫하면 풀 속으로 빠질 수 있었기에 방심할 수 없었다.

돌계단을 내려오자 도리이가 두 사람을 맞이했다. 어느 시대 것인지는 알 수 없는 돌로 만든 도리이. 가장자리는 비에 깎이고 새겨진 글자도 희미해져서 더는 읽을 수 없었다.

허름한 도리이 앞에는 동굴이 자리하고 있었다.

어릴 때 사이토가 창고에서 읽은 고문서에 의지해 발견한 것이 바로 이 동굴이었다. 호조 가문의 조상들이 요괴에게 제물을 바치는 제전으로 사용했다는 모양이다. 지금은 존재를 아는 사람도 없어 버려진 상태였다.

위험하니 가지 말라는 소리를 들을 것이 뻔했기에 당시 사이토와 시세이는 어른들에게 동굴에 대해 말하지 않았다. 그편이 더 설레기도 했다. 어릴 때부터 이곳은 둘만의 장소였다.

"발밑 조심해."

"응."

사이토가 불빛으로 시야를 확보하면서 동굴을 내려갔다.

관광지가 아니었기에 길은 제대로 정비되어 있지 않았다. 울퉁불퉁한 바위를 잡고 시세이가 넘어지지 않도록 손을 꼭 잡아주었다.

언덕을 다 내려가자 안쪽에 탁 트인 지하 공간이 나왔다.

높은 천장에 두 사람의 숨소리가 울려 퍼졌다. 바위 표면으로 지하수가 떨어지며 땅에 작은 강을 만들고 있었다. 군데군데 웅덩이가 나 있고 세월의 위력에 이기지 못한 바위는 깎여 나간 채였다.

지하 공동의 한쪽 구석에는 오두막이 세워져 있었다.

오두막이라고 해도 목재와 방수 시트를 결합한 허술한 것이었다. 사이토와 시세이가 저택과 이곳을 수없이 왕복하며 의자와 책상, 책장 등을 옮겨두고 최대한 아늑한 곳이 되도록 애썼다.

"지금 보니 형편없는 퀄리티였네."

"너무해. 우리 둘만의 성이야."

"성이 아니라 비밀 기지지만."

"고등학생이 돼서 비밀 기지라니 오빠는 부끄러움도 없어?"

"그때는 초등학생이었잖아!"

동굴 안에 있어서 바람에 닿지 않은 덕분에 비밀 기지는 옛날 모습 그대로였다. 행운 상자에 들어 있던 수수께끼의 장난감과 과자 사은품에 붙어 있던 플라스틱 인형들까지 선반에 어수선하게 장식되어 있다.

사이토가 그리워하며 접이식 의자에 걸터앉자 의자는 금방이라도 부러질 것처럼 삐걱거렸다.

"이건 좀 위험하네."

사이토는 곧바로 일어섰다.

그 당시에는 적당한 사이즈였는데. 마치 이곳과는 어울리지 않는 사람이라며 거절당한 것처럼 느껴져서 약간 슬퍼졌다.

"오빠, 살쪘어?"

"성장한 거지."

"살찐 걸 인정하고 싶지 않은 그 마음은 알아. 시세를 본받아서 식사를 제한하는 게 좋겠어."

"식사 제한……? 시세가……?"

사이토는 귀를 의심했다. 시세이와는 지구 반대쪽만큼 동떨어진 개념이다.

시세이는 자신만만하게 단언했다.

"시세는 늘 정량의 10% 식사량을 지키고 있어."

"그게 10%면 정량을 먹으면 어떻게 되는 거야?"

"세계가 분기해."

"호오…… 세상이……."

이젠 뭐가 뭔지도 모르겠다.

그렇게 말하는 시세이는 똑같은 접이식 의자에 앉아도 아무런 문제가 없었다. 그때와 마찬가지로 무릎에 턱을 괴고, 그때와 마찬가지로 사이토를 바라보고 있다. 그녀를 장식하고 있는 것은 여전히 리본이나 프릴이었고, 어른이 될 기미는 보이지 않았다.

"너는 변하지 않았구나."

시간이 멈춘 그림책 속에 비밀 기지가 그려져 있고, 그 안에 공주님이 앉아 있다. 그런 착각이 사이토에게 안정감을 주었다.

"시세는 변하지 않아. 계속 오빠 곁에 있어."

"너도 좋아하는 녀석이 생기면 더는 그런 말이 안 나올걸."

시세이의 미모와 성격이라면 어떤 상대라도 자유롭게 선택할 수 있을 것이다. 오빠의 편애적인 시선을 놓고 봐도 시세이의 매력에 저항할 수 있는 사람이 있을 거라고는 생각되지 않았다.

"시세는 아무도 좋아하지 않아."

"또 모르지. 의외로 담백하게 결혼해 버릴지도."

"시세는 오빠랑은 달라."

바닥에 놓인 나무상자에서 시세이가 플라스틱 그릇을 꺼냈다. 테이블 위에 밥그릇, 접시, 컵, 포크가 나란히 놓였다.

시세이가 팔을 벌리고 권했다.

"어서 먹어."

"뭐를?"

사이토에게는 공기밖에 보이지 않았다.

"오빠, 분위기를 읽어. 이럴 때는 거짓으로라도 먹는 척

해야지."
"고등학생인데?"
"무슨 학생이든 익숙해져야 해. 앞으로 오빠는 이 성에서 살 거니까."
"안 살 거야."
"시세가 부탁해도……?"
맑은 눈동자를 촉촉하게 적신 시세이가 사이토를 올려다보았다. 평소에는 무표정한데 조를 때만큼은 표정을 자유자재로 조종할 수 있다는 것이 악질이었다.
"너도 학교가 있잖아."
"오빠……."
부비부비, 시세이가 사이토에게 애교부리듯 다가왔다. 비단 같은 은발이 스쳐서 간지럽다.
"윽…… 어리광 부려도 소용없어."
"오빠, 좋아해."
코맹맹이 목소리로 속삭인 시세이가 찰싹 안겼다. 그 파괴력은 시세이의 미모에 내성을 가진 사이토조차 뇌를 흔들 수 있는 수준이었다.
"윽…… 먹는 척 정도라면……."
"좋아."
무표정으로 엄지손가락을 치켜세우는 시세이.
해냈다는 듯한 태도가 얄밉긴 했지만 여기서 화를 내도

어쩔 수 없다. 애초에 여동생의 애교나 어리광은 늘 있는 일이라 사이토는 화를 낼 마음조차 들지 않았다.

털썩 테이블 앞에 주저앉았다. 플라스틱 포크를 들고 플라스틱 밥그릇에서 밥을 퍼먹는 시늉을 했다.

"응, 맛있어! 아주 맛있네! 갓 지은 거구나! 쌀알이 살아 있어!"

나는 대체 뭘 하는 걸까, 하는 허무함이 굉장했다.

시세이가 사이토에게서 거리를 벌렸다.

"오빠가 이상한 짓을 하고 있어……."

"네가 시킨 거잖아!"

"많이 먹어. 밥그릇도 먹어."

"내가 먹는 건 공기뿐이야!"

사이토는 수치심에 시달리면서도 배부르게 공기를 먹었다. 이것이 여동생을 이기지 못한 오빠의 말로였다. 반 친구나 아카네에게 보인다면 죽고 말 것이다.

대충 연기를 마친 뒤 사이토는 밥그릇을 탁자에 놓았다.

묘한 피로감을 느끼며 몸을 일으켰다.

"자, 이제 집에 가자."

"돌아가기 싫어. 오빠랑 같이 여기서 살 거야."

시세이는 풀이 죽은 아이처럼 고개를 숙였다.

오늘의 여동생은 그 어느 때보다 어리광이 심했다. 오랜만에 옛 추억을 떠올리게 하는 창고나 비밀 기지를 보고 어린 시절의 마음이 되살아난 것일지도 모른다.

"어쩔 수 없지."

사이토는 시세이를 의자에서 들어 올렸다.

지상으로 이어지는 비탈길을 향했다.

시세이는 아직 불만스러운 얼굴로 사이토에게 달라붙어 있었다. 쉽사리 품에 안기는 시세이의 가벼움에 사이토는 자신의 성장을 느꼈다.

"나이 먹는 것도 나쁜 일은 아닌 것 같아."

"왜?"

"예전에는 시세를 안을 수 없었는데 지금은 쉽잖아."

"……."

초등학교 때까지만 해도 사이토와 시세이의 키는 비슷했고 눈높이도 같았다. 달리기를 하면 승부는 반반이었고 수영은 시세이를 이길 수 없었다.

반의 남자애들에게서는 "저런 미소녀와 매일 노닥거릴 수 있으니 비겁하다"며 부러움을 사곤 했다. 사이토는 어디까지나 시세이를 여동생으로 생각했지만, 그래도 자랑스러운 마음이 일절 없었다고는 할 수 없었다.

"……직접 걸을래."

"그래?"

시세이가 사이토의 품에서 뛰어내렸다.

두 사람은 동굴 언덕길을 올라갔다.

지하수에 젖은 땅은 미끄러지기 쉬웠다. 경사도 커서 발을 딛고 걷다 보면 숨이 차올랐다. 사이토는 아직 여유가 있지만, 체력이 부족한 시세이는 조금씩 늦어졌다.

"괜찮겠어? 역시 내가 옮기는 편이……."

사이토가 뒤를 돌아봤을 때였다.

발을 헛디딘 시세이가 허공에 붕 뜬 모습이 보였다.

커다랗게 뜨인 눈동자.

공포로 얼어붙은 얼굴.

작은 손이 구원을 청하듯 뻗어 있었다.

그것을 본 순간 사이토는 시세이에게 달려들었다. 다른 생각을 할 겨를이 없었다. 그저 본능적인 충동에 사로잡혀 시세이를 품 안에 껴안았다.

사이토의 몸이 바위 표면에 내동댕이쳐졌다. 비탈길을 굴러떨어진 탓에 머리도 어깨도 허리도 심하게 부딪혔다. 선명한 격통이 의식을 하얗게 물들였다.

언덕길 맨 아래까지 떨어지고 나서야 마침내 구르던 몸이 멈췄다.

묵직한 통증에 얼굴을 찌푸리면서도 사이토는 팔 안에 있는 시세이에게 물었다.

"다친 데는 없어……?"

"시세는 아무렇지도 않은데 오빠가……."

사이토의 머리를 만진 시세이의 손바닥이 끈적한 피에

젖어 있었다. 목덜미로 뜨거운 것이 흐르는 느낌이 드는 걸 보니 아무래도 머리에서 출혈이 난 것 같았다.

"바위 모서리에 살짝 부딪혀서 그래. 반창고라도 대충 붙여놓으면……."

일어서려던 사이토는 오른쪽 발에서 올라오는 극심한 통증에 비틀거렸다.

"……윽!"

"오빠?! 부러졌어?!"

시세이가 황급히 사이토를 받쳐주었다.

"살짝 삤나 봐."

"오빠는 여기서 기다려. 사람을 불러올게."

"그렇게 하면 난리가 날걸. 우리 비밀 기지를 빼앗길 텐데?"

두 사람의 소중한 추억의 장소를 잃을 수는 없었다.

"하지만 오빠, 과다출혈로 죽을지도 몰라. 시세는 오빠를 옮길 수 없는데, 오빠가 죽으면 시세는, 시세는……."

항상 무표정한 그녀로서는 드물게 동요를 드러내고 있었다. 울먹이는 얼굴로 덜덜 떨고 있다.

"괜찮아, 평범하게 걸을 수 있어. 어깨만 좀 빌려줄래?"

"응……."

사이토는 시세이의 어깨를 잡고 일어섰다.

동굴 출구로 향하는 언덕길을 천천히 올라갔다. 오른쪽

다리에 힘이 들어가지 않는 탓에 왼쪽 다리의 부담이 심했다. 미끄러질 뻔해서 땅에 손을 짚자 손톱이 까졌다.

온몸에서 통증이 존재감을 호소하는 탓에 반대로 어디가 아픈지조차 알 수 없었다. 숨이 차오르고 머리가 멍해졌다. 사이토의 어깨에서 가슴까지 셔츠가 피로 흠뻑 젖어 있었다.

“오빠, 미안해. 시세가 동굴 같은 데를 가자고 해서…….”

시세이의 나약한 목소리. 평소에는 어조가 달라지지 않는 그녀인데 어지간히도 당황한 것 같았다. 그런 여동생이 가여워서 사이토는 어떻게든 기운을 내려고 애썼다.

“그러니까 괜찮대도. 이런 것도 가끔은 재미있지 않아?”

“재미없어…….”

“옛날부터 자주 둘이서 모험을 하다가 곤란한 일을 많이 겪었잖아. 기억나? 천연 꿀을 캐려고 벌집을 노리던 때의 일.”

“그때는 이렇게 피가 나진 않았어. 바로 근처에 있던 집으로 도망갔고…….”

시세이의 안색은 어두웠다.

사이토는 멈춰서서 시세이의 뺨을 두 손으로 감싸 안았다.

“오빠……?”

멈칫하며 쳐다보는 시세이.

사이토는 시세이의 눈동자를 똑바로 바라보며 달래듯이

말했다.

"나에게 있어 너는 세상에서 가장 소중한 여동생이야. 아끼고 지켜줘야 할 공주님이지. 그런 시세가 다칠 정도라면 차라리 내가 다치는 편이 나아."

"세상에서 가장, 소중해……?"

시세이가 겁먹은 아이처럼 물었다.

"그래, 널 위해서라면 난 뭐든지 할 수 있어. 태어나서 지금까지 나를 계속 지탱해 준 건 너야."

평소에는 민망해서 굳이 입에 담지는 않았지만, 사이토는 시세이에게 늘 감사하고 있었다. 집에서도 학교에서도 사이토가 완전한 고독에 빠지지 않은 것은 시세이 덕분이다.

긴 속눈썹을 떨면서 시세이가 눈을 깜박였다.

"시세의 부탁이라면 뭐든지 들어준다는 거야……?"

"내가 할 수 있는 일이라면."

희미하게 사그라질 듯한 목소리로 그녀가 물었다.

"오빠의 감정과 정반대되는 거라면……?"

"예를 들면?"

"예시는 없어."

"자세히 설명해 주지 않으면 모르겠는데."

"설명하고 싶지 않아."

아마도 사이토가 기대했던 요리를 시세이가 먹고 싶다

고 하면 어떻게 할 것인가 하는 순진한 이야기일 것이다.
사이토는 어깨를 으쓱하며 웃었다.
"뭐, 그래. 내 감정 같은 건 네 행복에 비하면 아무래도 상관없어. 네가 원한다면 나는 기꺼이 응할 거야."
소중한 여동생을 위해서니까.
"……시세는, 그런 걸 바라지 않아."
시세이는 사이토를 등진 채 중얼거렸다.

다리를 절뚝거리며 산길을 걷는 것은 고행이었고, 사이토 일행이 저택으로 돌아왔을 무렵에는 해가 떠 있었다. 찌르는 듯한 햇살이 피로에 지친 몸에 아프게 와 닿았다.
저택과 정원 주변에는 사용인들이 오가며 정신없이 사이토와 시세이의 이름을 외치고 있었다.
텐류, 레이코, 아카네, 루이도 혈안이 되어 언쟁을 벌이고 있었다. 경찰에 연락한다는 둥, 호조 가문의 사병 부대를 파견한다는 둥, 자위대에 협조를 요청한다는 둥 뒤숭숭한 단어들이 새어 나왔다.
큰 소동이 일어나지 않게 하려고 직접 돌아온 것인데 이미 소동이 벌어진 상태였다.
"이거…… 상황이 안 좋네."
"안 좋아."
사이토와 시세이가 얼굴을 마주 보고 있을 때 모두가 이

쪽을 알아차렸다.

달려오는 친족들.

루이가 새파랗게 질린 얼굴로 시세이의 어깨에 손을 얹었다.

“시세이 님! 이렇게 피투성이로! 어디를 다치신 거죠?!”

“시세는…….”

시세이가 설명할 겨를도 없이 루이가 사이토를 노려보았다.

“당신이 붙어 있으면서 시세이 님을 다치게 하다니 어떻게 된 겁니까!”

“오빠한테 화내지 마. 시세보다 오빠가 더 다쳤어.”

시세이가 루이의 메이드복을 잡아당겼다.

“몰라요! 시세이 님의 소중한 몸에 상처라도 나면 어떻게 하실 거죠!”

루이가 사이토의 어깨를 흔들었다.

“그-만-해-.”

숨통이 끊어지기 직전인 사이토. 이미 빈혈 증세가 있는 상태에서 머리를 심하게 흔들리니 의식을 유지하는 것이 고작이었다.

“지금 구급차를 부를게!”

아카네가 스마트폰을 귀에 갖다 댔다.

“아닙니다.”

루이가 시세이의 몸을 끌어안고 리무진 뒷좌석에 태웠다.

사이토, 아카네, 레이코, 텐류도 이어서 리무진에 올라탔다. 사이토의 셔츠에서 흘러내린 피가 새하얀 시트를 더럽혔다.

"구급차보다 제가 더 빠릅니다."

루이가 액셀을 밟았다.

본래 사양이 높은 데다 루이가 취미로 개조한 리무진이 폭음을 내뿜으며 출발했다. 꼬불꼬불한 산길을 코스 이탈도 없이 최고 속도로 달려갔다.

다친 사이토는 좀 더 느긋하게 운전해 주길 바랐지만 들어줄 것 같지 않았다. 백미러 너머로 보이는 루이의 얼굴은 귀신 그 자체였다.

귀신 같은 얼굴을 한 건 레이코도 마찬가지였다.

"무슨 일이 있었니? 설마 유괴?!"

"동…… 산속에서 넘어졌어."

두 사람의 비밀 기지를 지키기 위해 사이토는 현장의 정보를 흐렸다.

텐류가 눈을 빛냈다.

"둘이 동시에 넘어진 거냐?"

사이토는 고개를 끄덕였다.

"그래, 둘이서 달리다가 길에 떨어져 있던 큰 나무에 걸려 넘어졌어."

시세이가 추락할 뻔한 것이 원인이라는 사실을 알게 되면 걱정한 레이코가 시세이의 외출을 금지할지도 모를 일이었다.

그 정도로 레이코는 시세이를 깊이 아끼고 있었다. 그리고 자유로운 성격의 시세이는 저택 안의, 새장에 갇힌 아가씨 생활은 견디지 못할 것이다.

텐류가 더욱 추궁해왔다.

"정말이냐? 부상이나 옷 상태로 보면 사이토 네가 시세이를……."

"동시에 넘어졌어. 그걸로 됐잖아?"

사이토가 가로막듯 말하자 텐류가 절레절레 고개를 저었다. 역시 호조 가문의 당주, 쉽게 속일 순 없는 모양이었다.

시세이가 사이토에게 속삭였다.

"왜 거짓말을 해. 오빠가 시세를 감싼 거잖아. 잘못한 건 시세인데……."

"됐어. 넌 아무것도 잘못한 거 없어."

"……."

사이토가 머리에 손을 얹자 시세이는 말없이 고개를 숙였다. 그 귀가 붉게 타오르고 있었다.

오늘의 시세이는 그 어느 때보다 표정이 선명하게 변했고 희로애락의 모습도 아름다웠다. 그것을 본 것만으로도 다친 보람은 있었다고 사이토는 생각했다.

리무진이 호조 그룹 계열 병원에 도착하자 사이토와 시세이는 응급실에 끌려가 부상 치료를 받았다.

시세이는 찰과상이나 베인 상처 정도였지만 사이토는 예상보다 상처가 커서 몇 바늘씩 꿰매야 했다.

이런 바보 같은 짓을 한 것도 꽤 오랜만이다. 봉합하는 모습을 관찰하면서 사이토는 신기하게도 후련한 기분이 들었다.

성장하고 고등학생이 되면서 할 수 있는 일은 늘어난 것처럼 보이지만, 실제로는 스스로 선택의 폭을 좁혀왔을지도 모른다. 굳이 걷기 힘든 산길로 들어서거나 옛 비밀 기지를 방문하는 일은 없어진 것이다.

처치가 끝나고 겨우 돌아갈 수 있다고 생각했는데 의사가 말했다.

"만일을 위해 정밀 검사를 하도록 하죠. 하루 입원해서 상태도 보는 것이 좋을 것 같습니다."

"이제 피도 멈췄으니까 검사는 필요 없잖아?"

이의를 제기하는 사이토. 책도 가져오지 않았고 지루한 병실에서 시간을 낭비하고 싶지 않았다. 오늘은 신작 게임의 발매일이기도 했다.

의사는 고개를 저었다.

"지금은 이상이 없어도 머리를 부딪치거나 내장에 손상

이 갔다면 나중에 생명에 지장이 있을 수 있습니다. 호조 가문의 자제에게 만일의 일이 생기면 큰일입니다."

"그럼 시세만 검사해 줘. 나는 돌아갈게."

사이토가 떠나려는데 그 팔이 꽉 붙잡혔다.

돌아보자 아카네가 사이토의 팔을 움켜쥐고 있었다.

"사이토, 부탁이야. 제대로 검사받아."

"부탁까지야……."

"무서워. 만약 네가 죽는다면……."

"에이, 엄살은……."

웃어넘기려는 사이토, 하지만 아카네의 얼굴을 보고 흠칫 놀랐다.

사이토를 노려보는 두 눈, 선명한 눈동자에서 눈물이 뚝뚝 떨어지고 있었다.

"왜, 왜 울어?"

"몰라! 운 적 없어!"

아니, 울고 있다.

자신이 싫어하는 반 친구를 위해, 괴로운 듯 얼굴을 일그러뜨리고 입술을 깨물고 있다.

그 모습에 사이토는 가슴 안쪽이 욱신거리는 느낌을 받았다. 자신 때문에 아카네가 울고 있다는 것이 어쩐지 기뻤다.

평소엔 언제나 흉악하던 그녀의 기세가 푹 눌려 있었기 때문일까? 조금 다른 것 같기도 했지만, 어쨌든 그것을 뿌리치고 돌아갈 만큼 나쁜 놈은 되지 못했다.

"……알았어."

사이토는 어깨를 으쓱하고 얌전히 의사를 따라갔다.

시세이와 사이토의 병실은 호조 가문을 위해 마련된 VIP룸이었다.

일반 병실과는 달리 큰 침대가 두 개.

가죽 소파, 대형 TV, 문병객들이 대화를 나눌 수 있는 테이블과 의자, 넓은 욕조가 딸린 욕실까지 있어 장기 입원에도 편안하게 지낼 수 있는 시설이 갖춰져 있었다.

두 사람 모두 정밀 검사 결과에 문제가 없었고, 어디까지나 만일을 위한 입원이었다. 본래라면 각자의 개인실에 묵어야 했지만, 시세이가 고집을 부리는 바람에 같은 병실로 배정받았다.

피로로 지친 사이토는 침대에서 깊이 잠들었다. 본인은 자각하지 못한 것 같지만 출혈의 양도 많아 체력적으로 소모가 심했다.

시세이는 자신의 침대를 스르륵 내려와 사이토의 침대로 기어 올라갔다. 스프링이 가볍게 삐걱거리고, 곧 그녀가 사이토의 위에 올라갔다. 긴 은발이 흐트러지며 사이토의 얼굴을 간지럽혔다.

자신의 몸을 바쳐 시세이를 지켜준 사이토.

시세이를 나무라지도 않고 아무에게도 말하지 않은 사이토.

네가 세상에서 가장 소중한 존재라고 단언해 준 사이토.

그의 상냥한 얼굴을 보고 있으면 시세이는 작은 몸의 모든 곳이 뜨거워지는 것을 느꼈다. 달콤한 감각이 봇물 터지듯 가슴 깊은 곳에서 흘러나왔다.

이 마음은 변하지 않는다.

어렸을 때부터 쭉.

"사이토, 미안해. 하지만…… 기뻤어."

시세이는 사이토의 머리에 가느다란 손가락을 대고 그에게 입술을 포갰다.

둘만의 시간을 천천히 음미하듯, 떨어지지 않고 가만히 그대로 있었다.

그때 병실 입구에서 소리가 났다.

시세이가 쳐다보니 아카네가 눈을 부릅뜨고 서 있었다.

깨닫고
보면
그는
언제나
내 곁에
있었다.

달칵…
후루룩…
그는 늘
외로워
보여서

아하하하

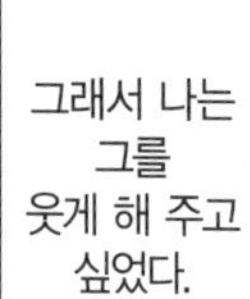
그래서 나는
그를
웃게 해 주고
싶었다.

하지만
지금은

제 4 장 《유대》 episode4

그것은 너무나 아름다운 광경이었다.

산들바람에 흔들리는 커튼을 배경으로 순백색의 요정이 침대에 앉아 있다. 창문 틈으로 흘러내린 빛이 은발 위로 반짝이고 투명한 맨발이 아름다운 곡선을 그리고 있다.

요정은 소년 위에 올라탄 채 사랑을 속삭이고 있었다. 입술로 쪼는 듯한 가벼운 움직임이 서로를 녹일 듯한 키스로 변해갔다.

소년은 아카네의 남편이었고 요정은 그의 여동생이었지만, 아카네는 순간 말리는 것도 잊고 넋을 잃고 말았다. 그 정도로 두 사람의 모습은 거장의 명화 같아서 현실감이 없었다.

그러나 곧 아찔한 통증과 함께 현실감이 찾아왔다.

"뭐, 뭐 하는 거야?!"

이해할 수 없는 상황에 저절로 튀어나온 아카네의 말에 사이토가 잠에서 깼다.

"음……? 뭐야……?"

멍한 표정으로 자신의 위에 올라타 있는 시세이를 바라본다. 두 사람의 입술은 방금 막 떨어졌고 시세이의 손이 사이토의 얼굴에 닿아 있었다.

"시, 시세이 씨가…… 키스를……."

"키스……?"

사이토는 의아한 얼굴로 자신의 입술을 손가락으로 만졌다.

시세이는 당황한 내색 없이 천천히 침대에서 내려왔다. 맨발 끝이 바닥에 닿고 새하얀 원피스 자락이 바람을 품었다.

"별로 놀랄 일 아니야. 오빠의 첫 키스 상대는 히마리가 아니라 시세니까."

"뭐어?! 무슨 말이야, 사이토?!"

추궁하는 아카네.

"아니, 나도 금시초문인데?! 무슨 말이야?!"

시세이의 어깨를 잡는 사이토.

"5살 때 오빠가 우리 집에서 자고 갔을 때, 잠든 오빠가 맛있어 보여서 키스했어. 그게 두 사람의 처음이야."

시세이는 태연하게 전했다.

"맛있어 보인다니…… 그런 건 연인끼리 하는 거야."

"……?"

멀뚱거리며 고개를 갸웃하는 시세이.

사이토는 난처한 듯 머리를 긁적이며 한숨을 쉬었다.

"뭐, 어렸을 때고, 우리 사이라면 노카운트지."

"……그래, 노카운트."

동의하는 시세이의 표정에 그림자가 드리워지고 그 작은 어깨에 슬픈 기운이 감돌았다.

평소에는 시세이의 감정을 읽을 수 없는 아카네지만, 지금만큼은 알 수 있었다.

그녀는 카운트하길 원했다. 없던 일로 삼는 것이 아니라.

"잠깐, 사이토! 그 말투는 좀 너무하잖아?! 죽일 거야!"

"내가 왜 죽는데?!"

"왜냐하면 그건……!"

흥분한 아카네의 소매를 시세이가 잡아당기더니 가볍게 고개를 흔들었다.

가만히 있으라는 뜻인가?

"어, 어쨌든 넌 죽어 마땅해! 배를 갈라 사죄해!"

"죄목도 모르는데?!"

"살아 있는 것만으로도 넌 죄가 많아!"

"그건 좀 심한 거 아냐?!"

사이토는 영문을 모르겠다는 얼굴을 하고 있었지만, 영문을 말할 수가 없으니 어쩔 수 없었다.

그리고 살아있는 것만으로 죄가 많다는 것은 틀린 말이 아니었다. 사이토를 만나지 않았다면 아카네는 이렇게 감정이 흐트러질 일도 없었을 것이고, 친한 친구와 싸우는 일도, 밤잠을 설칠 정도로 고민할 일도 없었을 것이다. 만악의 근원은 사이토라고 해도 과언이 아니다.

"첫 키스 정도로 호들갑 떨 필요 없어. 시세는 같이 낮잠이나 밤에 잘 때마다 오빠의 이불 속을 덮치고 있어."

"같이 잘 때마다?!"

"그것도 완전 금시초문인데?!"

아카네와 사이토가 경악했다.

"말할 필요가 없어서 말하지 않았을 뿐이야. 결과적으로 시세는 오빠의 입술을 수만 번이나 먹어치웠어."

날름, 시세이가 새빨간 입술을 핥았다. 그런 몸짓조차 예술적일 정도로 아름다운 것이 반칙이었다.

"내가 음식이 아닌 건 알고 알지?"

"일단 알고 있어."

"'일단'만으로는 좀 무서운데."

사이토가 시세이에게 거리를 벌렸다

"잘못 말했어. 제대로 알고 있어."

시세이가 사이토에게 매달렸다.

"그럼…… 으음…… 뭐, 상관없나."

"상관 있지 않아?!"

사이토의 적당한 반응에 아카네는 입을 떡 벌렸다. 원래 적당주의 인간이라는 것은 알고 있었지만 그렇다 해도 너무 허술하게 흘려 넘긴다.

"딱히 닳는 것도 아니고……."

"딱히 닳는 것도 아니야."

시세이도 고개를 끄덕였다.

"닳지 않아도 안 되는 건 안 돼!"

"왜?"

"야, 야야야야한 거니까!"

"야한 건가……?"

사이토가 시세이를 쳐다보았다.

"야한 의미는 없어. 단순한 친애의 표현. 아빠 고향에서는 평범한 일."

시세이가 바싹 다가가서 사이토에게 입술을 갖다 댔다.

"아하. 일본과는 문화가 다르긴 하지."

"납득하지 마!"

아카네는 사이토에게서 시세이를 뜯어내고 병실을 뛰쳐나갔다.

시세이의 손을 잡은 채 병원 복도를 빠른 걸음으로 빠져나간다.

리놀륨 바닥에 울려 퍼지는 단단한 구두 굽 소리. 바깥의 소란과는 동떨어진 병동의 공기는 서늘한데 아카네의 몸은 뜨겁다. 아까의 충격적인 광경이 망막에 박혀 사라지지 않았다.

안뜰로 나간 아카네는 시세이의 손을 놓았다.

호조 가문의 전용 병실이 존재하는 것도 그렇고, 안뜰 자체도 원내라고는 생각하기 힘들 정도로 우아하게 정돈되어 있었다. 중앙의 큰 나무에서 방사 모양으로 돌바닥이 뻗어 있었고, 돌바닥으로 나뉜 각각의 블록 사이로 키가 작은 꽃들이 심겨 있다.

사방으로는 아치가 세워져 있었고 금속으로 된 가느다란 기둥에는 장미 덩굴이 뻗어 있었다. 풀의 씁쓸한 향기와 꽃의 달콤한 향기가 뒤섞여 정원의 진한 향기를 만들어 내고 있었다.

새하얀 장미꽃에 둘러싸인 시세이는 인형처럼 조용히 아카네를 바라보았다.

"이런 데까지 시세를 데려오다니 무슨 일이야? 도시락 먹을 시간?"

의미 없는 소릴 하고 있다는 것은 서로가 잘 알고 있었다.

어떻게 말을 꺼내야 할지 알 수 없었다. 하지만 확인하지 않을 수는 없었기에 아카네는 땀에 젖은 손을 움켜쥐었다.

"시세이 씨는…… 사이토를 좋아, 해……?"

희미하게, 시세이가 입매를 비틀었다.

"나는 태어날 때부터 쭉 사이토 곁에 있었어. 사이토의 멋있는 부분도, 못난 부분도, 귀여운 부분도 다 알고 있어. 만약 아카네가 내 입장이라면 사이토를 좋아하지 않을 수 있었을까?"

"……."

그 대답만으로 충분했다.

평소의 시세이와는 분위기가 달랐다. 사이토를 부르는 호칭도 다르다. 미미하다고는 해도 표정이 살아 있었고 평소보다 어른스러웠다. 아이 같은 여동생의 분위기는 조금도 없었다.

——이게…… 시세이 씨의 본모습?

그렇다면 평소의 시세이는 도대체 무엇이란 말인가. 사이토에게 잔뜩 귀여움받으며 반의 마스코트로서 사랑받고 있는 시세이는?

지금의 그녀에게는 작은 몸집과는 어울리지 않을 정도의 색기마저 감돌고 있었다. 푸르고 맑은 눈동자는 모든 것을 깨달은 듯한 빛이 담겨 있었다.

"사이토에게는 말하지 마."

자신이 모르는 얼굴의 시세이가 한 발짝 다가와 아카네는 흠칫 놀랐다.

"어째서……?"

"오랜 시간을 들여 쌓아온 유대를 깨고 싶지 않아."

"사이토는 시세이 씨를 소중하게 여기고 있어."

"하지만 그건 가족으로서의 애정."

"……."

사랑을 받고 있을 텐데도, 아픔에 물든 그 말에 아카네는 가슴이 먹먹해졌다.

자신도 마찬가지다. 사이토에게 가족으로서 다정한 대우를 받고 있지만 딱 그뿐. 이성으로서 사랑받지 못하는 것의 안타까움은 아카네도 잘 알고 있었다.

"내가 호조 가문의 피에서 물려받은 건 남다른 연산 능력. 그 능력을 사용해서 나는 수억 번 넘게 계산했어. 뇌 속에 세계를 통째로 구축해서 시뮬레이션했어. 어떻게 하면 사이토를 내 것으로 만들 수 있을까? 어떤 인물상으로 자신을 연출하고 어떤 언행을 선택해야 사이토에게 나를 향한 연애 감정을 품게 할 수 있을까? 하지만…… 소용없었어."

시세이는 삶에 지친 노인처럼 벽에 등을 기댔다.

목구멍 너머로 새어나오는 부드러운 권태감. 가는 손가락이 희롱하듯 허공을 어루만졌다.

"몇 번이고 몇 번이고, 시뮬레이션의 세계에서 탄생부터 늙을 때까지 반복했어. 하지만 아무리 해도 사이토와 연인이 될 수 있는 세계는 보이지 않았어. 내가 찾은 최적의 답은 남매로 사는 지금의 세계. 그러니까…… '시세는 오빠의 여동생인 지금이 좋아'."

마지막 말만 평소처럼 억양이 없었다. 마치 자신에게 들려주는 주문과 같은 울림이었다.

감정에 따라 움직이는 아카네는 시세이의 논리를 이해할 수 없었다.

"계산이라니…… 세상은 그런 것만으로는 알 수 없어."

"알 수 있어. 이 세상에서 일어나는 모든 사건은 시세의 뜻대로 돼. 하지만 오빠만 시세의 뜻대로 되지 않아."

"다가가기 전부터 포기하다니 아깝잖아! 나는 사이토에

게 시험에서 몇 번을 졌지만 계속 도전하고 있어. 언젠가는 이길 수 있을 거라고 믿어! 세상에 절대라는 건 존재하지 않아!"

시세이가 아카네에게 얼굴을 가까이했다.

"그럼 아카네는 시세가 오빠를 유혹해도 괜찮아?"

"그건……."

도무지 이길 수 있을 것 같지 않았다. 히마리만으로도 강적인데 인간을 초월한 미모의 시세이, 사이토를 누구보다 이해하는 소녀까지 적이 되어버린다면.

그렇더라도 아카네는 시세이가 슬퍼하는 모습은 보고 싶지 않았다. 시세이는 무척이나 사랑스럽고, 언제나 부부의 생활이 평화로워질 수 있도록 도와주며 사이토에게 마음의 버팀목이 되어 주고 있었다.

시세이도 행복했으면 좋겠다. 그것으로 인해 아카네의 행복이 사라진다고 하더라도.

──나는…… 참을 수 있어.

사이토를 먼저 좋아하게 된 것은 시세이다.

아카네는 오래전부터 참는 것에 익숙했다. 애초에 이 결혼에는 연애 감정 따위는 필요 없었다. 처음에는 각자의 꿈을 이루기 위한 거래가 목적이지 않았나.

"아카네는 상냥해. 하지만 본인이 정말로 원하는 건 놓으면 안 돼."

긴 은발을 휘날리며 시세이가 정원을 떠났다.

"시세이 씨는 그걸로 괜찮아?!"

환상처럼 덧없는 등을 향해 아카네가 물었다. 남을 희생시키면서까지 행복해지고 싶진 않았다. 그런 것은 용서받지 못한다. 아카네는 자신을 용서할 수 없을 것이다.

"그거면 됐어."

시세이는 잠시 뒤돌아보고는 여신처럼 부드럽게 미소 지었다.

호조 본가의 호송 차량이 병원에 도착했다.

사이토는 입원복에서 외출복으로 갈아입고 리무진 좌석에 올라탔다. 동굴에 갔을 때의 옷은 찢어지고 피투성이가 되어버린 탓에 본가 사용인이 새 옷을 준비해 주었다.

사이토의 좌우에는 아카네와 시세이가 앉아 있었다.

"……."

"……."

두 사람 모두 눈을 마주치지도 않고 입을 다물고 있다.

공기가 답답하다. 생각해보니 병원에 있을 때부터 두 사람의 모습은 이상했다.

"……너희들, 싸우기라도 했어?"

사이토는 결국 참지 못하고 물어보았다.

"싸우진 않았어."

"안 싸웠어."

두 사람이 동시에 즉답하고는 또 침묵.

사이토는 상황을 파악할 수가 없었다.

아내와 여동생 둘 다 가족이니 평화롭게 지내준다면 좋겠는데. 쓸데없는 다툼이 생길 바에야 아무 일도 일어나지 않는 편이 나았다. 싸움은 비효율적이고 쓸데없이 심신을 소모한다.

차가 본가 저택 앞에 도착했다.

사이토 일행이 현관으로 들어서자 텐류가 맞이해 주었다.

"이제 돌아왔군. 너희는 본인들이 호조 가문의 후계자라는 건 알고 있는 게냐? 사이토와 시세이에게 무슨 일이 생기면 직계혈통은 끊긴다."

"정밀 검사에서는 아무 문제 없었으니까 괜찮잖아. 여차하면 내 복제품이든 뭐든 만들어줘."

사이토는 어깨를 으쓱했다.

호조 그룹이라면 그 정도는 식은 죽 먹기일 것이다. 설사 방계가 계승한다고 해도 그룹의 존속에는 문제가 없었다.

"나는 짐을 찾으러 온 것뿐이고 바로 돌아갈 거야."

"몸 상태가 안정될 때까지는 여기에서 지내라."

텐류가 붙잡았다.

"하나도 안 아파. 그냥 넘어진 거라니까."

"만일의 일이 생기면 곤란해. 이건 명령이다."

"명령이라니……."

어째서 이렇게까지 사이토를 말리려고 하는 걸까.

아카네는 텐류를 나쁜 사람이 아니라고 했지만, 설마 이 독재자가 손자의 몸을 걱정하고 있을 리가 없다.

사이토가 당황하고 있는데 저택 안쪽에서 그의 부모가 나타났다.

어머니가 호들갑스럽게 두 손을 모으고 사이토에게 달려왔다.

"사이토!"

"무사했구나! 걱정했다!"

아버지가 사이토의 어깨를 잡았다.

"……뭐?"

사이토는 자신의 귀를 의심했다.

걱정? 누가 누구를? 어린 시절 사이토가 심하게 고열이 났을 때도 방치하고 영화관이나 쇼핑을 갔던 부모가?

다섯 살 때 사이토가 유리잔을 깨뜨려 엄청난 출혈이 났을 때도 어머니는 반응하지 않았다. 사이토는 알아서 응급처치했고 나중에서야 고모에게 "대체 왜 병원에 안 간 거니!"라며 혼났다. 그렇구나, 크게 다치면 사람은 병원에 가야 하는구나, 라는 것을 그때 알게 되었다.

"……무슨 장난질이야?"

사이토가 눈살을 찌푸리며 부모를 쳐다보았다.

"장난이 아니야. 우리 둘 다 정말 걱정했단다. 소중한 우리 아이가 죽으면 어쩌나. 그래서 이렇게 달려온 거 아니겠어?"

"그럼 본가가 아니라 병원에 왔었어야지."

"그야 병원에서는 검사나 쉬는 데 방해가 되면 안 되잖아. 가고 싶은 마음을 꾹 참고 여기서 기다리고 있었다."

아버지는 보란 듯이 가슴에 손을 얹고 턱을 들어 올렸다.

——거짓말.

사이토는 속으로 그렇게 생각하면서도 침묵을 고수했다.

더 이상 대화를 나눠봤자 소용없다. 뭐가 목적인지는 모르겠지만 제대로 대꾸할 가치도 없는 장난이다. 그런 것보다 얼른 돌아가서 책의 다음 부분을 읽고 싶었다.

아버지가 사이토의 어깨를 끌어당겼다.

"자, 우리 집에 가자꾸나."

"우리 집……?"

사이토는 위화감을 느꼈다.

어깨에 닿은 아버지의 손이 거슬리고 불쾌했다. 태어나서 한 번도 아버지에게 어깨를 안겨본 적이 없었기 때문에 더더욱.

어머니가 가면 같은 미소를 지어보였다.

"우리들 말이지, 반성했단다. 지금까지 사이토를 너무 자유롭게 놔둔 게 아닐까 하고. 그것 때문에 사이토도 절벽에서 떨어진 거지?"

절벽에서 떨어지지도 않았고, 모두에게 넘어졌다고 설명해 두었는데 그런 것조차 파악하지 못했다. 관심이 없기 때문이다. 그들은 사이토에게 한 톨의 관심조차 가져본 적이 없다.

아버지도 가면 같은 미소를 지었다.

"그러니 이제 우리 집에 가는 게 좋지 않겠어? 애초에 고등학생인데 결혼해서 둘이 산다는 것 자체가 이상하잖아."

"자, 잠깐만요! 왜 이제 와서?!"

아카네가 창백한 얼굴로 외쳤다.

"자아, 사이토. 이리 오렴."

아버지가 사이토의 팔을 끌어당겼다.

"제대로 고등학생답게 가족끼리 살자꾸나. 오늘은 사이토가 좋아하는 걸 만들어줄 테니까. 인스턴트 라멘이든 뭐든 원하는 걸 만들어줄게."

어머니가 사이토의 팔에 손톱을 박아넣었다.

"아니…… 나는……."

고개를 저으려던 사이토는 흠칫 놀랐다.

자신은…… 친가에 가고 싶지 않다고 생각했다.

아카네와 함께 사는 집에 있기를 바란 것이다.

처음에는 반에서 가장 싫어하는 여자애와의 생활은 고통스러울 뿐이었는데, 차라리 친가 쪽이 자유롭게 혼자만의 시간을 즐길 수 있다고 생각했는데.

지금의 사이토는 아카네가 손수 만든 요리를 무척 좋아하게 되었다. 정성이 담긴 요리를 즐긴 후 아카네와 보낼 단란한 시간을 기대하고 있다.

가치관의 차이를 두고 자주 싸우기도 하고, 생판 남과 한 지붕 아래 사는 것에 마음고생도 끊이질 않지만 그래도 아카네와 함께 있고 싶었다.

그 사실을 깨닫고 사이토는 멍해졌다.

왜 이렇게 변해버린 거지? 자신의 감정을 이해할 수 없었다.

이 세상에 일어나는 현상 중에 사이토의 두뇌로 이해하지 못할 것은 없을 텐데.

사이토의 침묵을 동의로 받아들였는지, 아니면 사이토의 의사 따위는 개의치 않는 것인지 부모는 사이토를 질질 끌며 저택을 나가려고 했다.

마치 물건처럼 다뤄지는 사이토의 모습을 아카네는 차마 보고만 있을 수 없었다.

말리고 싶다. 하지만 내가 말려도 되는 걸까?

사이토의 집안 사정에 외부인인 아카네가 참견해도 되는 것일까?

섣불리 끼어들어 사이토에게 민폐를 끼친다면 버리면 돌이킬 수 없었다.

사이토가 무엇을 원하는지 아카네는 알 수 없었다.
텐류가 사이토의 양친을 노려보았다.
"너희들, 뭘 멋대로 구는 거냐. 이 결혼은 내가 명령하고 사이토가 조건을 따른 계약이다. 데리고 돌아가는 걸 용납할 리가 없잖아."
아버지가 텐류를 마주 노려보았다.
"당신의 허락 따위는 필요 없어. 사이토의 친권을 가진 건 우리야. 사이토가 어떻게 살 것인지 결정할 권리는 우리에게 있다고."
"지금의 성년은 18세다. 친권에 얽매이는 것도 18세까지니 사이토는 본인의 의사로 자유롭게 계약을 맺을 수 있지."
"뭐……?"
굳어지는 아버지.
"그 정도도 모르는 건가? 여전히 너는 한심할 정도로 무능하구나."
텐류가 코웃음을 쳤다.
"난 무능하지 않아!"
아버지의 이마에 핏대가 떠올랐다.
"무능해. 호조의 재력을 계승하지 못한 것까지는 어쩔 수 없다 쳐도, 너는 재능이 없다는 핑계로 제대로 된 노력조차 하지 않았다. 세상의 범인조차 기어오르기 위해 필사적으로 노력하고 있는데, 너는 호조 가문의 재력에 기대기만 했지."

"돈은 썩어날 만큼 있으니까 무리해서 일할 필요 없잖아! 적당히 투자든 뭐든 하면 그만이지!"

아버지의 말에 아카네는 구역질이 났다.

사이토의 육친을 향해 그런 악감정을 품어서는 안 되지만, 외면하고 싶어졌다. 사이토와 생김새는 비슷해도 이 남자는 사이토와는 전혀 다르다.

텐류가 아버지에게 담담히 고했다.

"돈은 사회에 새로운 가치를 창출하기 위한 것이다. 태어날 때부터 부를 가진 인간이 기생충처럼 게으르게 살기 위한 것이 아니라."

아버지는 입에서 더러운 거품을 물며 소리쳤다.

"시끄러워! 그딴 헛소리를 할 거라면 이쪽도 생각이 있어!"

"호오…… 그 하찮은 머리로 뭘 하려고?"

텐류가 팔짱을 끼고 아버지를 바라보았다.

아버지가 입술을 일그러뜨리고 추한 미소를 지었다.

"네 손자와 거기 있는 여자의 결혼을 언론에 누설하겠어. 천하의 호조 그룹 후계자가 고등학생이면서 천박하게 둘이 같이 산다고 말이야. 언론이 난리가 나겠지?"

"네놈……."

텐류가 뺨을 경련시켰다.

"호조 그룹의 평판은 뚝 떨어질 거고 네가 손자에게 물려주려는 중요한 회사도 그 전에 망가지겠지. 어때, 기쁘지?"

"그런 짓을 하면 어떻게 될지 알고는 있느냐?"

"알 바 아냐! 난 당신 때문에 호조 그룹에서 추방당했어. 당신에게 아무것도 받지 않았으니 명령을 들을 필요도 없잖아!"

"아무것도 받지 않았다……? 너희들이 신분에 맞지 않는 생활을 계속 누리는 동안 나한테 얼마를 빚졌는지는 잊은 게냐?"

"빚? 빚이라면 당장 갚아주지!"

아버지가 품속에서 돈다발을 꺼내 내던졌다.

공중에서 띠가 끊어지며 돈다발이 하늘하늘 흩날렸다. 사이토 위로 지폐가 진흙비처럼 쏟아졌다.

"네 손자의 대금이다! 지금은 가진 게 이것뿐이지만 나머지도 가져오지. 만족하나?"

아카네는 가슴이 찌를 듯이 아팠다.

어째서 이 아버지는 아들 앞에서 그런 말을 할 수 있을까?

어째서 사이토는 친부모에게 돈으로 사고 팔리는데도 태연한 걸까?

아니, 겉으로 태연할 척할 뿐이다. 그의 눈은 죽어 있고, 감정의 등불은 꺼져 있다.

자신조차 알 수 없는 고통이 아카네의 심장을 짓이겼다.

사이토가 지르지 않는 소리 없는 비명이 아카네의 귀를 뚫고 들어왔다.

아파. 아파. 괴로워.

사이토가 괴로워하는 것이 괴로웠다.

사랑하는 사람이 상처받는 것이 괴로워서 견딜 수 없었다.

"자, 이리 오렴. 셋이서 행복한 가족을 꾸리는 거야. 그러면 모든 게 다 해결될 거다."

아버지가 사이토의 팔을 잡고 끌고 가려고 했다.

사이토는 체념한 듯 힘없이 미소 지었다.

그것을 보자마자 아카네의 몸속 깊은 곳에서 여태껏 느껴보지도 못했던 분노가 솟아올랐다. 사이토에게도, 다른 누구에게도 품어본 적 없는 분노가. 격정이 마그마가 되어 치솟으며 순식간에 아카네의 온몸을 들끓게 했다.

건조한 소리가 울려 퍼졌다.

정신을 차리고 보니 아카네는 사이토의 아버지를 손바닥으로 때리고 있었다.

아카네의 두 눈에서 눈물이 흘러내렸다.

"당신들 따위에게 사이토는 줄 수 없어!"

아카네가 선전포고했다.

"이 망할 애새끼가! 죽고 싶은 거냐!"

주위의 사용인들이 아카네에게 달려들려는 아버지를 뜯어말렸다.

아카네는 한 발짝도 물러서지 않고 아버지를 노려보았다.

"당신들은 사이토와 함께 있을 자격이 없어! 아무렇지

않게 아이에게 상처를 주는 인간은 부모도 아니야!"

어머니가 증오를 드러내며 고함을 쳤다.

"상처받고 있는 건 우리 그이야! 호조 그룹에서는 추방당하고 당주님한테는 사사건건 무능아 취급! 당주님이 사이토를 편애하고 감쌀 때마다 그이가 얼마나 괴로워했는지 알기나 해?!"

"그건 할아버지랑 당신들 문제지! 사이토와는 상관없어!"

"내가 사이토를 낳지 말았어야 했어! 그럼 그이는 사이토와의 차별 대우를 겪지 않을 수 있었겠지!"

"그래, 사이토의 존재가 틀린 거야! 내버려 두면 알아서 죽을 줄 알았더니 끈질기게 살아남아서는! 최악의 애새끼라고!"

"……윽!"

아카네는 주먹을 불끈 쥐었다. 손톱이 손바닥에 박혔다.

이렇게 누군가를 미워한 적은 처음이었다. 이것에 비하면 학교에서 괴롭힘을 당했을 때의 분노는 애들 장난이나 다름없었다.

그 정도의 격노가 끓어올라 정신이 나갈 것 같았다.

아카네는 사이토를 품에 안고 꽉 껴안으며 소리쳤다.

"너희들에게 사이토를 줄 바엔 내가 행복하게 해줄 거야! 사이토는 내 거라고! 아무한테도 안 줘!!"

저택이 조용해졌다.

사람들이 눈을 부릅뜨고 서 있었다.

아카네는 숨을 헐떡이며, 울면서 부모님을 노려보고 있다.

터무니없는 말을 해버린 기분이 들었다. 하지만 참을 수 없었다. 사이토를 괴롭히는 인간이 이 세계에 존재한다는 것을 용납할 수 없었다.

"이, 이봐…… 내 거라니……."

사이토의 귀가 새빨갰다.

"뭐, 뭐야?! 불만 있어?!"

아카네가 백 배는 더 부끄러웠다.

"불만은 없지만……."

"없어?!"

"아니, 있는데?! 있지만 뭐랄까……."

"그게 뭐야……."

견딜 수 없는 공기. 아카네는 손가락 끝까지 뜨거워서 타버릴 것만 같았다.

시세이가 아카네에게 다가가 다정하게 고개를 기울였다.

"고마워…… 아카네. 역시 오빠의 반려자로는 아카네가 좋아."

"어……?"

그건 무슨 의미일까.

시세이는 사이토의 부모에게 눈길을 돌렸다. 만물이 얼어붙을 것만 같은 싸늘한 눈빛.